U0681628

消失在记忆里的庄子

魏红福 ◎ 著

西安出版社

图书在版编目（CIP）数据

消失在记忆里的庄子/魏红福著.--西安：西安出版社，
2024.5
ISBN 978-7-5541-7392-3

I.①消… Ⅱ.①魏… Ⅲ.①中篇小说—小说集—中国—当代
②短篇小说—小说集—中国—当代 Ⅳ.①I247.7

中国国家版本馆CIP数据核字（2024）第084046号

消失在记忆里的庄子

XIAO SHI ZAI JI YI LI DE ZHUANG ZI

作　　者：魏红福
出版发行：西安出版社
社　　址：西安市曲江新区雁南五路1868号影视演艺大厦11层
电　　话：（029）85253740
邮政编码：710061
印　　刷：陕西隆昌印刷有限公司
开　　本：787mm×1092mm　1/16
印　　张：12.5
字　　数：121千字
版　　次：2024年5月第1版
印　　次：2024年5月第1次
书　　号：ISBN 978-7-5541-7392-3
定　　价：48.00元

目录

不仅仅是一声叹息

郭栋超

红福，今年二十多岁，正是风华正茂的年龄。我退休了，受儿子儿媳之邀、夫人之命来北京带孙子。说是带孙子，也仅仅是时不时的帮手而已。虽不能经常外出呼朋唤友，但在家正大光明的喝是可以的，却不能天天喝。孩子们孝顺，不心疼酒心疼我的身体。有时，闲来无事，帮孩子们拆解一下邮寄品是常有的事。一日下午三点钟光景收到一份快递，薄薄的扁扁的，不是吃的，吃的一般都是方形的，打开一看，是一本书。书名是《消失在记忆里的庄子》。奇之！奇之也不看，老眼昏花的，不看。

晚饭后，饭饱酒不足。现在，不缺吃的。酒嘛！那就看书吧。书名看过，虽未翻页，心想村庄消失了吗？看看年轻人怎么也说消失了呢？一百多页，写的都是秧歌。我过去只知陕北有秧歌，且盛，为全国之冠也。而寄书的红福是甘肃人，那里也有红红火火过的秧歌，而且，细读之后，才知还有那么多的民谣民歌。我是中原人，高跷也就是秧歌队盛行时还是四十多年前的事。刚刚解决了温饱问题的农民，在春节，特别是农历的十五十六，秧歌队都涌进城来，那个热闹呀！

而《消失在记忆里的庄子》把秧歌贯穿到了此部小说的始终（村上人如何学秧歌，因秧歌而成名，后秧歌的失落，也是人的失落），漫漫的我沉浸其中了。如果说，桃林是陶渊明的桃花源的话，那秧歌就是红福的村上推而广之，也是西北地区所有人的桃花源。人们对此，如此沉醉，如此痴迷，形而上的角度，就是一种精神，精神的附着物。以至于，魏多金因之而抬起头，魏金有因之而讨得了婆姨的芳心，高山神保因之而扬眉吐气。但红福要告诉我们的仅仅是这些吗？而还有一个人因之而落单了！

红福是个很内敛的人，他没有替主人公以及没有在文本中出现的人说什么，他让他（她）们本色地表现着自己。如魏孝义、如刘怀瑾、如李茂林。可本色的表演，才是真正的自己？而我们读者，越来越不是自己，甚至越来越不懂自己了。秧歌舞中的桃花源，我们依稀有过相同的观感，可作者要告诉我们的是什么呢？那曾经贫困而精神愉悦尚可的境地，毕竟渐渐地失去了它的坚守，有人出走了，有人甚至背叛了他。出走的人，把自己卖了个好价钱，背叛的人已是西装革履，只是系不好领带。不过红福，并没有在本文中写"改革开放"四字，但他用了春风吹绿这片山、四月菜籽花儿黄、五月麦苗绿油油等词，予以了暗示。这是冷血吗？这是无情吗？不。他只是把客观存在的一切临摹给你，或精心而又选择地拍了几张照片，而一切感知觉悟都是你的。难道这不是写作者的高明之处吗？

是的，在笛卡尔说过，我思故我在的前后时间内。司汤达塑造了于连；塞万提斯塑造了堂吉诃德等等。要么挤破脑袋，要进入上流社会的人，要么是疯疯癫癫大战风车的狂人，要么是不知自己为何物的怪人。

红福是个平实的、客观的故事叙述者，他没有写农村的什么仇恨呀、争斗呀。而我的感觉是，农村虽然是一个小社会，可哪有那么多的杂七杂八的你死我活呀。但他写到了高呼世界人民大团结万岁、伟大的中华人民共和国万岁而自杀的高天保，也写到了高月有书记只是腰杆伸得比较直，后来又驼了。这才是真实的农村，也是农村的温情，也是他对农村消失的一声叹息！

几个问题，关于农村过去与未来的几个问题。

一、既然农村那么温柔，你愿意回到过去吗？

二、既然你不愿意重复祖辈的苦难，你用什么改变抑或丰富还没有走出农村的乡亲们尚不如城镇的现代生活？

三、用什么样的措施解决城乡日渐缩小而仍然存在的二元结构？

四、在农村尚不完全丰满的今天，为什么出走的人还时不时地回望？我说，我的乡村我的部落，我的根我的魂你认同吗？

今天晚上我失眠了。失眠得这么暖又这么痛。暖，是因为年轻如红福者还在念着我们，并写下了此文；痛，是因为我主观地认为我们这一代比你们更留恋我们的故土。可，故土还是那个曾经的故土吗？我们老之将至，还能归去吗？过去的生活状态，亲情，旧友，还依然如故吗？

可惜，红福此文并没有回答我。是不是我们同代人都有这样的感受，我不知道！

谢谢你，红福！你必定提示着、帮着我们回望了系统的历史的曾经的走远的可未必失去的疼痛而温馨的过往，那不仅仅是村庄，是我们回望的故乡！也是我们的精神依托生命之恋。

一部关于农村的教科书

张 瑜

红福是有意思，有才气，有丘壑的弟弟，生性率真，智趣井然，行成于思，笔耕不辍。红福在歌曲填词、诗赋吟作，特有韵味，报刊赛事发表获奖，屡见不鲜。偶得红福新作《消失在记忆里的庄子》，细细品读之下，确有所感。

故事开始讲的是魏多金的牛家庄，以喜闻乐见的"秧歌"为主线，迎着改革开放，叙述着一个"庄子"的兴衰。故事里有许多经典但慢慢消失的"秧歌"，有很多慢慢消失的"名字"，许多慢慢消失的"淳朴"，最后慢慢消失的"村庄"。即便最后"牛家庄"合并，再没有牛家庄，但是每个农村人都有一个心里的"牛家庄"，蝉鸣蛙叫，锣鼓打闹，走门串户和从你记忆里消失的好多人。

从《消失在记忆里的庄子》到《六月里的麦客子乱嚷嚷》《学生妈妈》《系围裙的男人》《光天化日的秘密》，大故事里有小故事，有对过往的记忆，对淳朴厚实的怀念。我也来自农村，长在农村，工作在党旗下，面对着新中国，对于新的变化有自己的理解和诠释，新时代的人应该用发展化解苦难，用热血抵抗不悔。

希望红福丹心换日月，才气动环宇，扎扎实实扎根一线，创作出感动自己的作品，影响下一代的作品，为《消失在记忆里的庄子》点赞！

消失在记忆里的庄子

魏多金每每谈起那个岁月，总会说："那秧歌……"并且会把"那"字拉得很长。

此时阴坡还在过冬，阳坡已经迎来了春。二十世纪八十年代的日头没有二十一世纪的暖，屋檐下粘挂着长长的冰凌柱。正值正月出头，合中国阴历的五九。

这天，太阳耷拉着眼，似睡非睡。突然，一股怪风，刮没了天上的日头和地上的冻冰，刮来了天上的星星和《高山挂红灯》。

李兔来的院里，魏多金、高月有和刘庆来跟着弦子音，正唱着《高山挂红灯》：

> 高山挂红灯，这是一家老财东。
>
> 门楼子修成三穿庭，张口兽拿五把鬃。
>
> 进得一门往上看，一对狮娃儿面对面；
>
> 进得二门往上看，一对旗杆端上端；
>
> 进得三门往上看，金字白匾门中悬；
>
> 进得四门四下看，四面子抱厦檐磕檐。
>
> 前后院来斜砖漫，斜砖漫地砖箍墙。

前院来修上都督府，后院来修上抱厦庭。

都督府上三支箭，养下的儿娃子中状元。

抱厦庭上三支箭，养下的女娃子耍正宫。

初三十三二十三，吃了亲戚的好香烟。

亲戚哪里来的好香烟，兰州来的五泉烟。

初八十八二十八，喝了亲戚的好香茶。

亲戚哪里来的好香茶，茶山上来的紫阳茶。

初九十九二十九，喝了亲戚的好香酒。

亲戚哪里来的什么酒，四川来的糯米酒。

俺一个烟吃了、茶喝了、酒喝了，打搅了亲戚们的瞌睡。

这才是天下十三省的财东，天下有名。

李兔来听老人说这支小曲儿唱的是有钱有势的人家，死活让唱。当然，大过年的，也找不到比这更响亮的祝福了。川来人有他们的阳春白雪，山里人自然也有自己的下里巴人。唯有秧歌，却在甘谷西南山一带喜闻乐见，雅俗共赏。也是由此，牛家庄的秧歌就像人过生日，年年都会如期而至。

牛家庄的秧歌有很多行当，分为探马、须生、花脸、青衣、小丑、小旦、小生、弦子（二胡）、武术、狮子。演出分为两种形式，不装不扮，狗推磨的曲儿合唱，《上香》《高山挂红灯》《大十二月》《二十唐朝》《小十二月》《绣荷包》《卖菜水》《王祥卧冰》《古人图》

等；三五人装扮的戏文人物，以情景为主的曲儿，有《卖水》《牧牛》《十里亭》《断桥》《游龟山》《花亭相会》《戏秋千》《懒牛晨割麦》《想八月》……牛家庄秧歌大多唱历史人物、乡间故事、神话传说、民风民俗、山水人情。

过年人都清闲，就用秧歌热闹缓下来的日子。既然是庄事，就有了祈神降福的心愿，有对过去一年丰收的庆祝，也有许愿神灵对新一年的护佑。莫管祈神还是喜好，秧歌总能让人心上暖和。

牛家庄庄小姓杂，唯独没有牛姓人家。四十多户的庄里有魏、高、刘、李四姓人，叫牛家庄可能是庄子像头卧牛。连庄里的山神庙，也供奉着牛王爷。

牛家庄人在安土重迁中守过了一代又一代，所有人格外重视叶落归根，就连女娃都不外嫁，故四姓又相互通婚，基本上庄里人又都是屋里人。

先说魏家，40年代出生的多金，为家中老大。父母生了十几个孩子，饥荒年代走的走、死的死，在牛家庄只留下他和老三金有。老三没娶到媳妇，至今光棍一条。多金生了四个女儿、一个后人（儿子），后人取名孝义，也算是人丁兴旺。大女儿嫁给了同村高月有的三后人财来，两家结成了儿女亲家。后来，多金与庆春两家换了亲事（孝义娶了怀瑾的妹妹，怀瑾娶了孝义的妹妹），结成了亲家。

高月有是庄儿沟大队的书记，庄儿沟大队下辖何家地、沟门、滩子、

— 7 —

梁上和牛家庄五个自然村。高月有祖上是沟门小组的人，后来搬到了牛家庄，到月有已经是第三代人了。高月有兄弟三人，都已成家，每家都男丁旺盛。光月有就生了四个后人。四个后人的婆娘都是同村人，老大元来娶了李兔来的女儿，老四银来娶了刘庆生的二女儿。老二钱来娶了山场下李改改的女儿，后来婆娘在放牛的时候，被一颗滚石砸死，肚里还怀着头胎娃娃。就因为这事，钱来差点疯了。

牛家庄还有一族姓高的，跟月有同姓不同脉。弟兄三个，老大当过国民党的兵，老二石匠，老三木匠。老大有天保、山神保、三满、四海四个后人，都没有和同村结亲，四海居然娶的是前川董家坪的女孩。石匠生了四个女儿，一个后人，后人名叫丑娃。木匠生了两个女儿，两个后人，大后人元娃，二后人四娃。

再就是刘家和李家。

刘家老兄弟四个，老大队长刘庆春，老二刘庆来与老四刘庆冬当兵复员后，庆来自学成赤脚大夫，老四成了村学老师。老三刘庆生虽有一身邪脾气，却是本分的庄农人。刘家男丁非常兴旺，庆春三个后人，庆来五个后人，庆生三个后人，庆冬四个后人。这十五个堂弟兄中除了庆春的怀瑾与庆来的武娃精干、气派之外，其余的资质平平。

李家有三股，李兔来、李改改与阳蕨湾李家。现在李改改仍住山场下，一儿两女，儿子叫文林，女儿花林与文花。另外两股都搬到了牛家庄。兔来有茂林与茂盛两个儿子，和茂花一个女儿。阳蕨湾也有两个儿子，文革与文化。

牛家庄重要人物关系一览

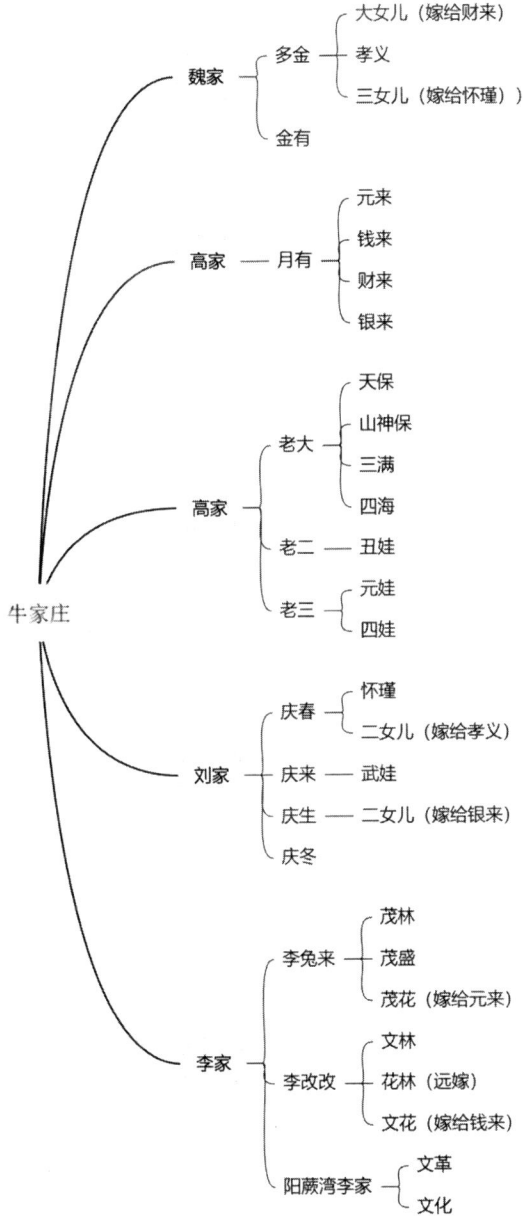

牛家庄

魏家
- 多金
  - 大女儿（嫁给财来）
  - 孝义
  - 三女儿（嫁给怀瑾））
- 金有

高家 —— 月有
- 元来
- 钱来
- 财来
- 银来

高家
- 老大
  - 天保
  - 山神保
  - 三满
  - 四海
- 老二 —— 丑娃
- 老三
  - 元娃
  - 四娃

刘家
- 庆春
  - 怀瑾
  - 二女儿（嫁给孝义）
- 庆来 —— 武娃
- 庆生 —— 二女儿（嫁给银来）
- 庆冬

李家
- 李兔来
  - 茂林
  - 茂盛
  - 茂花（嫁给元来）
- 李改改
  - 文林
  - 花林（远嫁）
  - 文花（嫁给钱来）
- 阳蕨湾李家
  - 文革
  - 文化

一

一壶茶汤，一堆纸钱，几挂鞭炮，受享了三天烟火气的先人，欢欢喜喜地抹了把嘴，在子孙们的意念下回家了。

正月初三晚上，刚送完先人。魏孝义就问月有："姨父，今年有秧歌吗？"

"有，年年都有，今年学新曲儿了没？"高月有反问道。

"学了《大十二月》，先人都送完了，应该能打抬鼓了吧！"

"能，去吧！慢点打，小心东西，要爱护会里的物件。"

再几日别无闲事，走亲戚，访邻朋。没过几天，秧歌就耍起来了。庄儿沟大队的各个村子组成了一家秧歌，滩子、沟门年轻力壮的小伙子当探马，探马头是四海二大（大，即叔叔）。魏多金、高月有、刘庆来为秧歌霸子。锯弦子的多为梁上人，领头的却是魏孝义三大。在各组又挑了四个二十来岁、个子高挑的小伙当旦娃子。

也就是这年，李庆来家是秧歌窝子。依例，第一晚在秧歌窝子耍。烧完香马后，探马头带着探马，手拿麻鞭、斜背铃铛把院子里的人唬着退后几步，不一会儿就打开了一个圆。魏多金、高月有和刘庆来带着三个旦，狗推磨式地唱《高山挂红灯》。其他人又唱了几个小曲儿，第一夜的文戏就完了。

而后，探马摇着铃铛，镲钹，抬鼓喧天地响。魏孝义三大一手持灯笼，一手拿棍引狮子，李兔来钻进缝制的狮子里，跟着灯笼跑。狮子在金有的引领下，演四门、吃灯、拉完灯就完了。

接着众人烧香拜神，第一晚的秧歌就结束了。

秧歌窝子供奉着神牌，上面有牛家庄四面八方的方神、当地的山神、各家各姓的家神、灶神、门神等，因而得派人值守。魏多金和高月有留着续香，两人喝了罐罐茶后睡意全无，便说到了秧歌。

魏多金说："他姨父，曹（咱们）庄来的秧歌都是小曲儿，撑不开场面。"

高月有应道："对着呢！"

"那一年我去杜家磨走亲戚，看了一晚，人家那才叫秧歌，那秧歌！"多金继续说道。

月有说："曹今年少唱几晚，去听掏（他们）的秧歌，年一过完就好好排，兴许明年就能唱了。"

……

正月在甘谷西南山区正值农闲，别无他事。草草结束了自家的秧歌，几个人踏着月光到了杜家磨。说好由庆来负责写，其他人听，记步法、身段、唱腔、歌词。唱了好几个小曲儿后，终于头戴草帽、肩挑水担、身着红袍的人出来了，闪了几下担子，开言唱道："举步艰难，低头好残忍。"

写，写，赶紧。刘庆来提笔写下："吕布艰难，低头好残忍。"

当地人念"吕"字为"举"，"步"与"布"谐音。刘庆来知道三国有英雄叫吕布，误写错了词。

弦子音一落，继续唱道："为母亲曾将家园揽，全凭卖水度饥寒。"

"为母亲曾将家园揽，全凭卖水度饥寒。第二句，写上了吗？"

刘庆来放下笔，说："这样不行啊，听不全，我也写不全呀！"

高月有说："唉，好些词儿还听不真切，这样学出来一定让人笑话死了。"

"曹今晚就看秧歌，后面多金去杜家磨亲戚跟前抄一下词儿！"

"成嘞！"魏多金说。

接着出来一个旦，后面跟着小丫鬟，看动作应该在梳妆打扮。丫鬟做着开门的动作，说："姑娘请进！"答道："哎……来了！"

此时红袍小生坐在角落的阴影处。姑娘开言唱将了起来。又过了一会儿，丫鬟与姑娘一人一句对唱。再后来丫鬟唤进了头戴草帽的红袍小生，几个人唱和了几句起来。

"这才是秧歌，步子、声嗓、身段……没的说。"

"多金记得学回来，曹明年正月就唱这个曲儿。"

"好，他姨父。"

听着，聊着，月亮就这样紧赶慢赶地走着。

第二天日头照到炕上时，魏多金茶已喝罢，就了礼当，一个人去了杜家磨的姐夫家。

多金老远就听见外甥连娃喊："阿大，我舅舅来了。"

姐夫哥应声走了出来，接住礼当，把多金迎进了门。没多久，厨房里传出了滋啦滋啦的声音。一碗臊子面很快端上了炕桌，多金吃喝了起来。

饭桌上照例是寒暄，连娃娘问多金："阿大、阿妈（爹娘）好着没？"

"好着呢，阿大现在一顿还能吃两碗馓饭呢！"多金声情并茂地说。

"今年还没去曹屋来，回去说一声，我缓几天就转娘娘来了。"

"能行，我过几天才回曹屋来去，想着多住几天，学几个好秧歌，曹的秧歌没耍头儿。"

"能成，多住上几天，让他大把你带到田林大跟前去学，那人是这村里的秧歌霸子（耍秧歌最好的人，也是秧歌负责人，相当于旧时的班主）。"

多金在村里的小卖铺买了两包点心，跟着姐夫哥去到田林家。

过了好些日子，阴坡的地都消通了，勤快人开始锄菜籽了，多金也学成归来了。多金去的时候，阳屲梁上还有薄薄的一层雪，而这时已雪融草绿，莺飞草长，连日子都年"青"了很多。

二

日子就像魏多金手里的闲钱一样紧巴，庄农人除了寒冬腊月，一年都在地里忙碌。说来也怪，这么忙碌的日子却怎么也装不饱一家人的肚子。因为吃不饱，人们就迷信神灵，要秧歌于其他人更多的是敬奉神灵，却于魏多金、高月有、刘庆来讲是喜好。

回家的第二天，魏多金带着婆娘去窦桂山的菜籽地松土。看着长势大好的菜籽，婆娘就唠叨魏多金屁脸墩子重，这么久才回来，什么时候才能作弄完。俩人给菜籽松土，菜籽刚松完土又接着给小麦锄草。忙忙碌碌一个月就这样占满了，随着坟茔上的那一锹土，在墓前吃完的那一卷菜，魏多金明了这时该种瓜点豆了。

架上那一双大犏牛，把耕熟的地重新松土、施粪，种上了瓜与豆。又连下了几天小雨，刚得空，多金就叫上几人在屋里学起了秧歌。没分穿红袍子的小生、打坐花亭的旦、淘气的丫鬟，七五个人一锅烩地学。

起月、表花、锦丝调……虽然变调多，都是秧歌常唱的调，学着倒不难。疼脑壳的是词，这一箩筐的字，要是能跟拾粪一样就好了。十几张纸，识字的人记来都吃力，何况还有好些人不认字，这估计得到猴年马月了。

金有说："我现在真是狗看星星——一片明，弄不来这活。"

最终还是让高月有、刘庆来与魏多金三人学了，其他人没出发就已经不走了。

月有、庆来各抄了一份秧歌词，并说好三人把所有的词儿都记住，不分生与旦。此后，魏多金早上不再赖床了。每天熬罐罐茶时，就有了阴阳家的架势，只是阴阳家念的是"太上老君急急如律令"，魏多金念的是"什么花开来什么花浪"。赶牛、耕地，只要口闲下来就默念"什么花开来什么花浪"。当然，这个时间高月有、刘庆来也没有放松，也是把紧张的时间叠在那一沓纸上。

五月间的时候，湫沟寺的娘娘爷庙上唱大戏。三人步行二十路，一为看戏，二为偷师学艺。学学戏子的身段、步法，好加入秧歌中去。三个合起来一百多岁的人，此时就像二十来岁的小伙子一样，劲头十足。

别看三人都四十多岁了，还是糊糊涂涂的。他们认为这辈子就是自己当孩子，然后生孩子，接着养孩子，生命简洁，生活简单。三人现在都儿女双全，况且儿子的婆娘都攀好了，单等着过事情了。至于给女儿寻主儿，就更不用操心了，总能寻下的。这时的他们就想着，过几年儿子再生养几个娃儿，便可含饴弄孙，安享天伦了。

三步并作两步，不多时就到了戏场。乌压压的一片，前胸贴着别人的后背。三人挤了十几分钟才挪到最前面，听得清，看得明，时不时还低声学着几句。

"你看，这死老汉演得多好！"

"哎哟，这声嗓好，词儿清楚。"

"点个《卖水》，让耍上一段。"

刘庆来瞥了魏多金一眼，说："在秦腔里叫《火焰驹》，《卖水》《卖水》，下河湾的水都让你卖干了。"

魏多金捅了刘庆来一肘子，笑着回了句："看把你能的，在我这装文化人呢！"

三人你一句我一言拉扯着，眼看着月亮挂到中天了，戏还没有散场。刘庆来回头望了一眼，人还是挨着人，看样子是打算站个通宵了。

庆来说："曹要回了，再不回天就亮了。"

"走吧，我明早还要担菜籽呢！"

三人挤出人堆，没有停顿就往家赶了。凉风习习，三人学说着戏里的扮相、唱调，带着涎水说："曹何一日能在这么多人面前耍一次秧歌，这辈子就足了。"

"包爷的那一嗓子，很有气派。"说着多金学起了"尊一声驸马爷细听端的……"，还不住地晃着头，学着走四方步。

"《卖水》到底说的是个啥，庆来？你程度高，给曹讲一下。"高月问道。

"这个说的是宋朝的事情，黄璋把女儿黄桂英许给了李绶的二儿子李彦贵，还没有结婚。后来，在李绶的大儿子李彦荣在边疆打仗时，奸臣王强诬告李彦荣投敌叛变。朝廷将李绶打入天牢，家人全部赶出京城。李彦贵求助岳父黄璋，不料黄璋悔婚不认。李彦贵只好沿街卖水来供养母亲。有一天，李彦贵卖水……"庆来还没说完。

魏多金突然喊道："看天上，那是什么？"

只见一顶轿子悬空掠过，四角挂的灯笼撞出噼里啪啦的声响。三人朝着轿子的方向就地跪下，连忙磕头。抬头已经看到飞出很远了。

"这是去哪里了？"高月有问道。

魏多金说："好像是北山那边。"

刘庆来应道："那就是金山，金山的亲戚说那边有个麻线娘娘，跟湫沟寺的七娘娘是姊妹。"

"曹遇到神神老驾了。"高月有说。

忽然三人汗毛竖起，有了后知后觉的害怕。三颗心跳了出来，挤在了一起。天更黑了，心也归位了。

半晌庆来才说："走啊，咋不动弹了？"

"哎呀，我腿有点软。"多金说着坐在了土堆上面。

后来也不清楚，刘庆来把《火焰驹》讲完没有。但自此开始，牛家庄人相信神灵的存在，因此在敬神上谁都不敢含糊。

慢慢的，牛家庄有了很多传言，谁谁谁赶头香时，和山神爷坐在一起喝茶呢，还让儿子做了山神爷的干儿子；谁谁谁外出砍柴时，在渴泉子跟鬼坐在一起赌博呢；谁谁谁看见鬼火了，谁谁谁听到鬼说话了……

也正是这一年，李兔来收的粮食填饱了自家的肚子。也就从此时开始，牛家庄盛传谁家是秧歌窝子，谁家指定庄稼大丰收。

三

庄农人把手里的时间格外宝贝，从来不会平白无故地浪费。虽然收获的庄农仅够糊口，但总是闲不下来，一年三百六十五天他们总会有三百六十六日的活。这一年照例是没有填饱肚子，但心潮澎湃的一年。

一进十月，老天爷就隔三差五地下隆霜，地里的活终于跌下手了。牛家庄的男人带够了一天的干粮，进山砍柴。这时节，山里随处都能听到吼秧歌的声音。

这山高来那山高，那山有个好咽喉。

老三魏金有问："大哥，你们唱的这是什么秧歌？"

多金说："《卖水》，你能锯上吗？"

"能啊，没有我锯不上的秧歌。"金有用力割了一把梢子。

"李彦贵低头泪不干。"多金唱了这句。

金有说："大哥，这是起月调吧！好听。曹的秧歌就缺这些大曲儿，这下有耍的了。"

多金看着满脸汗液的金有，说："你今年在吕家县多长时间？"

"一个多月。"

"那应该学了不少拳吧！"

"有成十对，能耍一段时间。"

"今年的秧歌应该欢得很。"

"曹进腊月就得好好排一下。"

"嗯嗯，成。"

说罢，魏多金扯着嗓子，在两山中间又吼唱起来。峡谷收音很好，这从南山流出的声音很快就流到了"樵夫"们的心上。有人放下了镰刀，用随身带的散发着汗臭味的手绢擦了一把脸，咧开嘴露出了一口黄牙，听着多金此刻的幸福。远远听到：

言贵泪涟涟，身穿破烂衫。梦中申冤，伸手度饥寒，没想到大祸在身边。我把兄长怨，父母恩情全不见，何为人枉活在人世间。行走在大街前，苦楚唉连天，想让天听见，见得咱把头低，无奈向大街市上将水担。担水多半天，担来两膀酸，有人来买水，多给几文钱，好一个救命的活神仙。

这段申冤叫苦的词，经由魏多金用五根调唱出，唱者痛快，闻者痛心。

魏金有说："大哥，这讲的是个啥古谚？"

"这个是宋朝的事，一个叫黄璋的把女儿黄桂英许给了李绶的二儿子李彦贵，还没有结婚呢，李彦贵大哥被奸臣王强陷害。朝廷将李绶抓进大牢，把家人全部赶出京城。李彦贵求岳父黄璋帮忙，不料黄璋悔婚。李彦贵只好卖水来供养母亲。李彦贵卖水来到了黄家门前，丫鬟梅英在黄桂英的指点下，把彦贵叫进花园。两人拉了些家常，黄桂英接济彦贵进京考试。下人黄良看见后，把李彦贵赶出了花园。"

十月割柴，十一月拾粪，又过了满满当当的两个月。这两个月让灶头有火，炕能驱寒。

接着街上的年货，连日的积雪，叫来了腊月。

期待是惊喜，遇见是窃喜。因为有了对正月的期待，腊月也就显得很着急了，这种着急附着在腊月的每一秒。金有光棍一条，但房子、院子很开阔，顺理成章地选在这排秧歌。

把这一年学的《卖水》《牧牛》《十里亭》一遍又一遍地唱，与平素不同的是，特别加入了动作。重复地耍，反复地唱，经过二十多日的编排。雪深了，冰厚了，夜沉了，这些人都笑了。

风刮红了门框，冲天炮震下了雪屑，庙里挂起了红灯，冷却不清的年来了。

依习俗，年三十大清早，牛家庄人基本都会去山神庙献鸡，以求神灵护佑来年风调雨顺，国泰民安，家庭如意。

说是给神灵献鸡，其实也就是找了个冠冕堂皇的由头吃鸡肉。家里人会早早寻好会打鸣的公鸡，不能有一根白毛。自家养的可能真没有白毛，但集市上买的就不一定了。家里会把挑剩的公鸡捉到集市上卖，如有白毛就把它拔掉来糊弄人，最后被献鸡的人买去又糊弄神灵。

通常这天女主人会早早地起来，拌一碗麦麸，让鸡饱餐一顿。接着洗干净鸡脚，男主人会拿上香表、碟子、刀具就去庙里献鸡。这个地方的女人是不能进庙的。

来到庙堂，先把门关了，防止鸡跑出去。接下来就是一大段说辞。

"当方山神、牛王爷、马王爷，又一年到头了，给您这点规矩。希望来年保佑我家诸事顺遂。狼来锁口，贼来迷路。出门的空手出门，满怀归家；种地的一籽跌地，万籽归仓；学习的十年寒窗，高悬金榜。请您老人家领愿！领吧，捉到这里，您领不领都算您的，领吧……"

鸡引颈高鸣，接着屎拉到庙堂里了。

继续说："请您老人家领愿！"

鸡低头磕了几下地，又说："低头不算摇头算。"又用力朝鸡的脖颈逆毛摸了一下，鸡摆了一下头。又说道："这次不算，再摆一次头。"鸡又摆了一下头，"领了，领愿了，可以杀了。"

拿到庙外面，用刀尖割开一个口子，拔一根鸡翎子戳进口子里，再把血盛到碟子里，接着放到山神爷的莲台上。这时，献鸡还没有结束。

快步回家后，烫鸡、拔毛、开膛。取出鸡心、鸡胃、鸡肝。再把庙里的鸡血拿来，和在一起倒油煎炒，盛盘后拿到庙里献上莲台，仪式完毕。神灵只吃这些，剩下的就用来过年了。

年三十晚上，得接先人。烧纸，奠茶，放鞭炮，把先人迎进主房。在后檐墙的桌子上立一沓纸，摆上香案、果品，明腊、焚香、烧表……

光棍离世后，无儿无女，没有人接进家里过年。牛家庄人推断这些人会变成孤魂野鬼，故而三十晚上不能出门。一家人团团圆圆的，连离世的人也在一起。吃年夜饭、喝罐罐茶，一家子说说笑笑。当然不管吃什么、喝什么，一定要给桌子上立的先人、厨房的灶神、院中央的天爷进献。

先人在家里待三天，这三天一般不去远处走亲访友，得一直陪着先人。当然，也得抽空给村里其他的先人烧香磕头。大年初三晚上，早早地吃晚饭，吃完就把先人送回去了。当然谁也看不到是否来了，谁也没见到走没走，大家都那样讲，那样做，心到意到，心诚则灵嘛。

初三送走先人，好（喜好）秧歌的就开始打抬鼓、嚓钹（一种打击乐），年味才真正足起来。在牛家庄关于年的记忆，大多都和秧歌相关。提到秧歌就想起了那种热闹，当然这个热闹，也是那个时候全村一年最大的庄事。

打了几天的抬鼓、嚓钹，大人们开始进行上一年的结算，俗称"算会"。完了道具、服装等就要放在新的神头家里，这个时候个子高挑的男娃会领了旦的行头，回家练习步法与身段。

魏孝义与高四海很好（喜好）秧歌，但年龄小、个子矮，不能扮旦，每天就是打抬鼓、嚓钹。

那个时候日子贫苦，只有到了正月里才能吃到油饼。因为稀缺，孝义偷吃了几个，早上肚子疼，就在粪坑里蹲了很久。

在粪坑里听到父亲在唱《卖水》，就蹲着听着，听着学着。一晃过了半个小时，多金唱到了表花。孝义用土块擦了屁股，就跑进去。估摸着这会儿父亲已经喝败了茶，自己进去再熬三两次，过过瘾。

孝义边跑边唱："什么花开来什么花浪，什么长上莲花床。"

多金咧开嘴，说："你听会了？"

"你前面唱的我也会。"孝义骄傲地说。

多金转头，朝坐在炕上的婆娘说了句："这娃比我心灵，听几下就会唱了，一代强过一代啊！"

婆娘说："谁跟你一样，十棍子敲不出一个闷屁。"

多金又说："你这婆娘古怪很，大清早的，嘴就跟捣了一驴屎一样。"说完又对儿子说："今晚到门缝里夹一下，赶紧长个子，装几年旦娃子，以后肯定是个好秧歌。"

初三以后的日子很慢又很快，快的是没唱几个曲儿就天黑了，慢的是迟迟等不到耍秧歌的那天。

今年要秧歌窝子的人很多，最后秧歌霸子月有决定抓阄。梁上的杨双狗抓到了，其实秧歌窝子设在梁上最方便。梁北麓是牛家庄，南麓是滩子，滩子向东不远便是沟门，沟门紧贴着何家地。

秧歌定在了正月初九，这天也是天爷的生日，一天院里的香火不断，间或响着鞭炮。

秧歌窝子里很多人忙着串狮子、贴掌灯、定弦子、粘扇子……所有人都忙得不可开交，都在为这场忙碌了一年的盛会做着长长的开场白。

四

天垂下了眼皮，地面开始混沌起来。抬鼓、嚓钹响了起来，人的声音越来越小了。忽然从大门窜出一个上着白衫儿、下穿黑裤子、斜背铃铛、腰系红带、左手执旗、右手甩着麻鞭的彪形大汉，这便是探马头。

秧歌最前面跑的是探马。选其中最有气派的两人，一个在探马最前面，叫探马头；一个跟在探马最后面，这个是探马尾。

十几个年轻人，斜着身子踏步向前，一个与一个相离三五米。时不时一阵甩麻鞭的声音，嘴里时不时喊着"哈喂哈喂"。

探马后面是打灯笼的和顶狮子的，狮子后面紧跟着旦娃子，旦娃子后面是打抬鼓、嚓钹的，再往后就是背行头、唱秧歌、锯弦子的。浩浩荡荡的秧歌队伍紧走慢走到了山神庙，探马头作揖几次后，把秧歌引到了庙院里。

秧歌霸子、神头与大队德高望重的老人跪在莲台前，众人跪在院子里。莲台前的老人开始与山神爷交流，其实就是自说自话。无外乎大队举全队之力，结起社火，给您老人家热闹几天，希望您老人家保佑国泰民安，五谷丰登，村民安康……

秧歌的第一支曲儿一定在庙里唱，掌灯的、旦娃子、能唱的都会加入。人越多越好，当然全是男性。听说唱的声音越大，神越喜欢。除了掌灯的和旦外，所有人都要拿香。这支曲儿叫《上香》。

"多金，你起，你起得调低。"

"好！"

嘀咕嘀咕嘀咕，弦音落下了。多金开嗓了："手掌右香盘。"

多金唱出"手掌"二字后，其余人的声音渐次融入了，越往后面声音越大了。弦音又落下来，众人唱起了第二句"俺说我姑娘进花园"，马上第三句"进得大花园四下来观，百般样花草齐开全"。

唱到"七出香，上余光，北斗七星"时，会有一名探马将众人手里的香收齐，插到神像前面的香炉里。

落调"烧香人的命，望保咿呀哈，大报神灵呀"，还没有唱完。探马已经摇铃并喊着"哈喂哈喂"，抬鼓、嚓钹已经开始"嚓嚓嚓嘣嘣嘣，嚓嚓嚓嘣嘣嘣……"最后一声唱完，探马头跃出庙门，麻鞭声、摇铃声、抬鼓嚓钹声、喊叫声、说话声……好不热闹。

第一天晚上会去庙里唱一曲，唱完之后就去秧歌窝子。第一个跃进院落的仍旧还是探马头，双脚刚落到院子，主房里守的人会把写好的神牌立好。神牌上会写明邀请仁宗山黑池龙王、庙平山白马大王、麒麟山二殿龙王、沐浴山七后元君等众方神，以及山神、土神、家神、灶神、门神等。

探马跑得快，离秧歌远。所以探马通常是向前跑一段时间又折退回来，跑的途中甩起麻鞭。这来来回回中使得每个人的血管暴涨，人也跟着沸腾了起来。

终于把秧歌引进院子里了，探马头站在院中央挥旗。其他的探马把看秧歌的与耍秧歌人分开，站成一个大圈，把看秧歌的人往外挤。耍秧歌的人都看着探马头的旗，往左挥人流向左转圈，往右挥人流向右转圈。等把耍秧歌的与看秧歌的择利索了，场子也转大了。抬鼓嚓钹变调"嚓嚓嚓嚓嚓嚓……""嘣嘣嘣嘣嘣嘣……"连续打，探马也不间断地摇铃。听到这种打法，大家知道要烧香了，耍秧歌的人对着主房就地而跪，旦娃子则背对着主房跪，磕头作揖。

接下来会安排这次秧歌的注意事项。任命总班头、唱的班头及成员、锯弦子的班头及成员、探马头及成员、武术班头及成员与服化道负责人及成员。再宣布其他注意事项：如天气干燥，注意防火；人流较大，防止踩踏、走丢……

此时，就算把庄前庄后、庄左庄右的方神，本村山神、土神、家神，司命灶神，门神护域，天地三界、十方万灵都请来了。照例在秧歌窝子要唱头曲儿——《上香》。

这个时候秧歌就算正式开始了，总班头会派人提前与耍秧歌的人家商定曲目，编成节目单，耍秧歌的人各自负责自己的内容。

上正上月的，先耍了个《戏秋千》。这是个小曲儿，但步法、念白很攒劲，既能抛砖引玉，也能让大家笑不拢嘴。

戴草帽，着黑袍，身后背个罗锅，左手拄拐，右手捋须的老汉出场。在院里刚走了两步，惹得全场大笑。接下来是一段老汉的念白："黄瓜老了咕注咕注，茄儿老了一剥尽籽，牛老把角跌，人老把口瘪。我老汉老了头低腰蜷吃不成，吃饭来把牙渗了，喝水来把牙崩了，初一早上拾粪还把人摔了……"说着说着就喊婆娘："老娃婆（老婆子）呕兮"，没人应，又喊"老娃婆呕兮"，还是没人应。此时老汉嗓门变高，大喊"老娃婆呕兮"，忽一老太婆冲门而出。

裹着头巾，手拿蒲扇的妇人慌慌张张地乱跑，嘴里嘟嚷着："洗锅来，抹灶来，尿尿憋着胡转来，听见外面驴叫来，一步子奔着大院来，一把盖住还尿来，不知道要草还是要料来。"故意撞上老汉，用蒲扇打一下老汉，抱怨一句："原来是你这个死老汉，喊我着干啥来？"

老汉说："你看这上正上月的，人家团团圆圆的，曹也得把四个死女子叫过来，一起过个年。"

"应当叫，团团圆圆才算年。"

"你跑得快，老娃婆你去叫吧！"

"我一个妇道人家怎么行呢，老汉你叫去！"

"大官大员，婆娘当先，你去。"

"好！"接着说，"大姐娃转来。"场边准备好的旦随即就上场了，寒暄一番后，接着就唱：

正月来，是新年，叫曹的大姐娃（腊梅花儿开来）转两日娘娘。

老娃婆说："老大我叫了，你叫一下老二。"

老汉答道："新年头上，先有婆娘，你再把老二也叫一下。"

老娃婆喊："二姐娃转来。"

老二上场后，俩老人一番戏问，毕了就开始唱：

正月来，是新年，叫曹的二姐娃（腊梅花儿开来）转两日娘娘。

唱罢，老娃婆说："老大老二我叫来了，老三该你叫了。"

老汉说："柴米油盐酱醋茶，婆娘说啥就是啥。我去叫三姐娃。"

老汉转身喊道："三姐娃转来！"

三姐娃上场后，跟老大老二一样，问完就唱。

老汉说："三个都来了，老四是个急性子，一定急得不得了了，曹俩赶紧去叫。"

给四姐娃唱完后，就商量转花园戏秋千。此时步法要变了，一个跟在一个后面，开始转花园。

大步儿走小步儿行，行一步来到花园门。进得花园四下来观，百般样花草齐开全。黄花儿开来赛金殿，蓝花儿开来赛青天，红花儿开来胭脂染，白花儿开来赛粉团；芍药牡丹上席来坐，玉金簪开来站两边。

花园转毕，就要修秋千、戏秋千。依次是大姐娃、二姐娃、三姐娃、四姐娃、夫妻俩上秋千。配合的唱词是"大姐娃上秋千，秋千独辘辘转，好像孔雀戏牡丹，一支低来两支高，三支蹬来挂树梢。"

四个孩子打完秋千，就离场了。最后老两口打秋千，最后一个字唱完，老娃婆就把老汉推倒在地。在所有人的笑声里，这个曲儿就结束了。

这支曲老少咸宜，场子一下热闹了起来。依据写好的剧目，演艺人员井然有序。不多时月亮已经挂上了树梢，打哈欠的声音越来越密了。旦娃子的手、脸冻得通红；探马夹着麻鞭，时不时地搓手、哈气、跺脚；锯弦子的人一刻钟就换一次……

但透过每个人的眼睛能看到那股热爱与幸福，能看到内心的清澈。他们如驰骋沙场的将士一般，都铭记自己的使命，丝毫没有懈怠，他们认为这些付出都是荣光。像魏多金、魏金有外出学艺，不是利益的驱使，是热爱与信仰让他们义无反顾。

又一支小曲儿唱罢，接着出来个着青袍、挑水担的生。人群安静下来了，有人自豪地说："这是今年新学的好秧歌，叫《卖水》。"院落里多了很多引颈的鹅在远眺。

"啊呀，不是《卖水》，你听这人在喊'打豆腐来'。"

"也可能是今年学的新秧歌，之前没有听过啊！"

卖豆腐的小哥边走边唱，"豆家庄地里种了两垧谷，谷里面带了点小豌头……"唱罢，把扁担放到路边，喊："打豆腐来！"

接着出来一个女旦，与卖豆腐的小哥商量着卖豆腐。大家看着豆腐小哥与年轻村妇拉拉扯扯，大家笑得睡意全无。

这个时候压轴戏就要登场了，所有的目光都在注视主房。突然从旦娃子旁边走出一位身着青袍，头戴草帽，肩挑水担的生。随着水担的摆动，晃晃悠悠地走进院子中间，似弱柳扶风，一身的羸弱书生气。尚未开腔，单就步法、身段窜入眼睛，已经叫醒了很多人的瞌睡。

五

那个时候吃穿用度都紧张，故没有在脸部化妆，魏孝义一眼就认出父亲了。孝义自豪地钻出人群，看到父亲的这般走姿，以为父亲生病了。但父亲一开口，便推翻了他刚才的想法。

"举步艰难哎……"中气十足，尾音平缓，让人听着格外舒服。"低头好残忍，为母亲曾将家园揽，全凭卖水度饥寒"，咬字清晰。又一句"恨奸贼害得一家人儿不能团圆"，一句略带哭腔的高音像滑过夜空的流星，滑在了所有人的心上，让所有人神经一颤。再配着咬牙切齿的表情，把李彦贵对奸贼王强的恨意表现得淋漓尽致，可谓唱腔、步法、眼神俱佳。

转换五根调，又唱"彦贵泪涟涟，身穿破烂衫"，着力展现落魄。唱到"我把兄长怨，不可下百凡，父母恩情全不见，何为人枉活在人世间"时，那股纠结通过声音与眼神贯穿到每个人的心脏。

放下担，手里作揖，眼神满是感谢，嘴里唱道："担水多半天，担来两膀酸。有人来买水，多给几文钱，好一个救命的活神仙。"

又换到锦丝调。此时弦音跟得紧，多金一手扶担，一手扶额朝上面看，唱道："正行走来用目观，行一步来在这街前。右手卸水担，两肩膀好乏酸，莫非在此地重歇缓。"坐到影落处，渐失在众人眼界。

场边人还没来得及惊叹，一闺阁旦一丫鬟登场了。

刘庆来扮闺阁旦——黄桂英，高月有装丫鬟——梅英。桂英坐着，梅英站着、蹲着，扑粉、描眉、梳头，一阵好打扮。先是刘庆来独唱：

清晨早起巧打扮，心慌木乱坐不安。何处将心散，桂英有事没耐烦。开言来叫两声小丫鬟。

接着梅英独唱：

开开花园门，我姑娘进花园。梅英听完没怠慢，手拿上钥匙走上前。开开花园门，请姑娘进花园。

两人都唱剪花调。手、眼、身、法、步韵味十足，听不懂唱词的看动作，听得懂的更是连连赞叹。

这段唱罢，忽现几个字的念白，使这支曲儿更通俗易解。

梅英说："姑娘请进！"

"哎，来了！"

此时姑娘起身，踏着小姐步，雍容典雅；梅英跟在小姐后面，可爱玲珑。走进花园，姑娘端坐花亭（实际坐在院中央的椅子上），唱完剪花，梅英接唱采花。

这山高来那山高，那山有一株好仙桃。仙桃好吃树难栽，花名字好表口难开。

采花唱罢，两人对唱表花。

姑娘唱：

什么花开来什么花浪，什么长上莲花床，什么手掌迎灯照，什么教人迎进绣房？

梅英对：

月季花解来腊梅花浪，桂花长上莲花床，油电花手掌迎灯照，丝线花教人迎进绣房。

足足唱满六对后，姑娘唱：

蔷薇花开来墙台上站，口称上蜜蜂儿采花来，蜜蜂儿见花趴拉拉颤，花见蜜蜂搂抱回。蜜蜂正在花心采，老天爷降起猛雨来，哆得我蜜蜂儿单展翅，哆得我花叶儿落下街。花叶儿好比红绫被，花杆儿好比下梁椽，曹夫妻若要重相会，直到来年三月三。

姑娘起身抬步，一手提着裙摆，一手扶住丫鬟，似登楼态。站定远眺，单梅花调唱道：

转面来我把梅英唤，你我此地莫久站。奔上高楼把景观，立步提衣上去站。上得高楼四下来观，见一书生把水担。

梅英跟着桂英的调唱：

姑娘你听梅英的言，担水的本是李解元。

桂英接着唱：

心儿来好似钢刀剜，转面我把梅英唤。快请相公到花园，你就说咱家买水浇花呢，把这话千万不要外人言。

梅英即刻下楼，快步出门。用双梅调唱道：

梅英出门招招手，开言来叫声李相公，我家有买水速快担进，来……担进花园。

此时魏多金方起身，和调唱道：

彦贵抬头用目观，相府来走出一丫鬟。你家要买水别处讨方便，我的水与你家不卖。

孝义平时没有仔细观察过父亲，今天就站在对面，端详了很久。岁月在父亲的脸上堆成了沟沟渠渠，黑面拌汤削尖的下巴与高突的颧骨把穷日子写在了脸上。如鼓皮一样干枯的皮肤又标记着西北的气候，面部唯一有肉的地方用来标记着"高原红"。整个脸部就是一幅注明时间的西北活地图。

梅英又唱：

小梅英便开言，叫两声相公听我言。有一朵鲜花没开花，单等相公浇牡丹。

道明曲折，秉完原委。彦贵跟着梅英后面，三人相见。彦贵边走边唱，唱进的花园的见闻。忽由钢调换成相公调，细讲彦贵再次看到的桂英。

相公抬头楼上看，高楼上端坐一天仙。

头上的青丝如墨染，两耳间下垂赛金环。

柳叶眉毛杏核眼，脸上扑粉桃花灿。

樱桃小口一点点，糯米银牙尖对尖。

手拿一把小团扇，十根指尖端上端。

身穿一件红袍儿，八幅罗裙系腰间。

扎花系裤月牙带，裙边边露出小金莲。

你和我不能巧团圆，枉在世间做解元。

彦贵登上高楼，唱完相思唱埋怨；唱朝中奸贼陷害，唱桂英之父黄璋不该落井下石，悔婚不认；唱出了奸佞当道，报国无门，壮志难酬，只能卖水度饥寒。

突有一打扮猥琐、行为鬼祟的人。张张望望，望见了楼上的李解元。偷偷摸摸地听着，有唱词为证：

黄良领了老太爷的令，后花园来打扫雨花亭。

花园来衡下将水担，我把你李家人的二解元。

你卖水的不到大街上卖，担进花园为何来。

将身儿藏在花架下，再听你三人说的什么话。

接着彦贵唱："言贵抬头用目观，何一日的高中夫妻团圆。"落月调唱罢，最后一支曲儿完了。抬鼓、嚓钹、探马铃响起了。

引狮子，耍狮、吃灯，这晚的夜在热闹后睡着了。也是从这个热闹的夜晚开始，牛家庄正月的夜有了长达二十年左右的热闹，这个热闹陪伴了一群人的年轻。

自此以后，牛家庄的所有都有了光环，连拔了白毛的公鸡都比马家滩没有杂毛的公鸡价钱高。

后来，多金、月有、庆来又学会了《十里亭》《牧牛》。用这三支曲儿暖和了那些寒冷的正月。正是一起走过的这些日子，让他们灰旧的记事本上有了熠熠生辉的字。当然，这个时候村子人多热闹，整个村子都有一股劲儿。就连春天绿得最早的也是牛家庄。整个村子就像一家人，不管谁家的事，都有钱出钱，有力出力。婆娘们在一起簸粮食偶有口角，但过些日子又会重归于好。因为牛家庄，读书人对陶渊明笔下的桃花源就有了画面。

六

多金这群四十年代出生的人，经历过战乱、饥饿，是真正跟着新中国一岁一岁长起来的。如今吃穿都不用愁，日子越过越洋火。

这群人能吃苦，能在土里刨出黄金，把家里人与自己的脸都刨得圆鼓鼓的。现在牛家庄的秧歌又在后南山首屈一指，每个人都觉得脸上金光闪闪。

因为秧歌耍得好，魏多金也得到了庄里人的尊重，连外村人都络绎不绝地来访。这个封闭的村子绝不知道，此时外面已经有了朦胧诗与摇滚音乐。当然，一方山水一方风情，秧歌大抵就是牛家庄的摇滚乐。

之前的一年的日子从来都不够花，现在魏多金就想一年就只有一个月——正月。

三四月间，驾着牛翻地，多金嘴里念着：

到夜晚，打三更，梦了个巧巧玲珑的怪睡梦。梦见个尕娃子，拿了个打苍蝇，左手撕的个鬃，右手拿的个鞭子扔，一扔扔，两扔扔，一扔扔了个半虚空。看天上，天上的星；照地下，掏了个坑。照坑上冻着个冰，照墙上钉着个钉，照钉上挂着个弓，照弓上架着个鹰。老天爷不住着刮怪风，刮没了，屋里的灯；刮瞎了，天上的星；刮平了，地上的坑；刮消了，坑上的冰；刮跌了，墙上的钉；刮翻了，钉上的弓；刮飞了，弓上的鹰；星跌灯灭，坑平冰消，钉跌鹰飞一场空。我牧童娃娃从前家大富豪，赠了万贯人的家财，找了个鸡毛毽子，叮当一脚踢上天了。我牧童娃娃没事干了，东庄来有个赵员外，牧下一群牛儿羊儿，我要牧牛的一回。

快哉悠哉，日子才叫一个快活！五月初始，前川的麦黄了，闲不下来的庄农人又出门赶麦场去了。

魏多金与金有弟兄两个，与高月有、刘庆来四人一起去赶麦场。由于四人刚好能耍一家秧歌的缘故，好说歹说不分开。找了好几日，才在南坡寺找到东家。

"日子这么慢，才五月间，什么时候才到正月呢？"

"你看你大哥，被秧歌折磨出病了。"月有说。

魏多金装了一锅旱烟，吧嗒吧嗒猛抽了几口，说："我这一辈子没被人看起过，自从耍起秧歌，觉得干啥都能抬起头了。"

刘庆来说："秧歌上能有碗饭就好了，学的人也就多了，那时候你才风头旺呢！"

金有说："大哥，给我装上一锅烟，我也歇缓下。"

多金在镰刀上磕了一下旱烟头，装了满满一锅烟，连火柴盒一同递给了老三，拿起镰刀，说："我是真好秧歌，抬鼓响起，我就特别精神。"

月有说："曹得让年轻人赶紧学，再过几年，娃娃们有了新的玩意，就不好（喜欢）这了。"

说着，多金唱了起来，其他人也跟着唱：

正月里的冻冰二月里消，河湾里的鱼娃儿水面上漂。叫呀阿哥哥，赶呀么赶着割！叫呀小妹妹，暂给你一把麦！

三月里的桃杏花开来了，四月里的杨柳上来了。叫呀阿哥哥，赶呀么赶着割！叫呀小妹妹，暂给你一把麦！

五月里的菜子满川黄，六月里的麦客子乱嚷嚷。叫呀阿哥哥，赶呀么赶着割！叫呀小妹妹，暂给你一把麦！

七月里的葡萄搭上架，八月来的豆角赶上茬。叫呀阿哥哥，赶呀么赶着割！叫呀小妹妹，暂给你一把麦！

九月里的菊花朵儿黄，十月里的老天爷下隆霜。叫呀阿哥哥，赶呀么赶着割！叫呀小妹妹，暂给你一把麦！

十一月的雪花堆上门，腊月里的年货摆出城。叫呀阿哥哥，赶呀么赶着割！叫呀小妹妹，暂给你一把麦！

四个人的声音和在一起，就像四月的春花，引来了围观的蝶。有几个拣麦穗的婆娘们围了过来，四人唱得更攒劲了。不多时，天空就出现了幸福的橘色，多金知道离正月又近了一日。

把地里的麦子挪在一起，四人给自己捆了一担，就打算回家。只见金有拿起扁担耍了起来。微风吹拂着头发，抬脚一扫，烟尘顿起。好些挑麦的麦客驻足观看，似乎忘记肩上的重量了。那几个拣麦穗的婆娘更是把眼睛瞪直了，动也不动地看着。

扁担是这年新做的，用砂纸打得平平整整，白白净净。握在金有手中，酷似一柄银枪。金有多年未洗的帽子，像一顶铁褐色的头盔。耍起枪的金有目光坚毅，出枪、回枪干净利落，马步稳当。这时俨然成了一名驰骋沙场的将军，有杨六郎把定三关口的英气。

金有的扁担就像西方丘比特的箭，戳进了拣麦穗婆娘的心。这以后有个婆娘日日都来拣麦穗，天天都来听秧歌。最要紧的是，一定要在橘色的傍晚，看金有耍一次扁担。

有几天魏金有觉得秧歌太文雅了，远没有山歌来得粗糙。而此时旁边拣麦穗的婆娘，也到了听山歌的火候了。金有索性不唱秧歌了，专门给这婆娘唱起了山歌：

大街十字的钟鼓楼，一台一台地上哩。

心里有话说不出，一句一句地唱哩。

刚开始还含蓄地唱，到后来就露骨了起来：

阿哥是阳山的枣骝马，尕妹的阴山的骒马；

白天草滩上一处儿耍，晚夕里一槽儿卧下。

这十来天被魏金有一个人耍出来了，麦割完了，麦客子要回家了。魏金有给拣麦穗的婆娘唱了出不舍：

杨六郎把守在三关口，四城门可上了锁了；

抬起个脚步儿没心肠走，心疼着撇不下你了。

就这样，金有耍秧歌把南坡寺婆娘的心耍开了。虽然把这婆娘唱得心木乱、情痴缠。但如刘庆来所言，秧歌确实没口饭吃，魏金有最后还是没把南坡寺的婆娘唱到牛家庄的屋里来。

看来真如刘庆来的话，秧歌得给人一口饭吃，单是热爱就没办法换来柴米油盐和暖炕的人。

七

当然也不能一直给同样的人讲重复的故事，因为喜新厌旧是人之常情，从一而终多少有些强人所难。所以，牛家庄秧歌得适时做些改变了。还没来得及变，秧歌就耍不起来了，正月突然就既冷又清了。当然冷清的只是正月，其余的十一个月一如往常。

刘庆来的四弟复员后一直在牛家庄做民办老师，去年没来由地连家搬到了梁上，把学校也从牛家庄搬到了滩子来。

刘老师在梁上屁股还没有坐热，就开始撺掇滩子、梁上、沟门、何家地把秧歌从牛家庄分出来。刘老师最擅长洗脑，如若那个时候有传销，我相信刘老师一定是骨干。不几日就把五个村的秧歌分成了两家秧歌，刘老师给梁上、滩子、沟门、何家地的人排秧歌，时间长了，就成了秧歌掌柜。

秧歌人马都全了，可耍秧歌的物件不够。两家秧歌都缺东少西，这时人能填饱肚子，都没有多余的钱财，一时间物件购置不齐，秧歌也就耍不起来了。

魏多金、高月有、刘庆来们只能在自己家中哼唱往昔了！不知道他们有没有再想过那些夜晚，内心有没有响起弦子音、探马声。有没有想过某一天在自家院中，人山人海里，扮一回李解元，装一晚黄桂英，唱一次小梅英。

秧歌几年不唱，一晃多金五十几了，儿子孝义已经有了三个孩子，两男一女。如果一直冷清倒也罢了，尤其这种狂欢之后的冷着实很让人心疼。

魏多金家里，这几年新添了三个小孩。这样一来，热闹比之前有增无减。但每每一到正月，多金心里总是觉得缺点什么。

孝义好几次听到父亲对着两三岁的孙子唱《卖水》。然后，抽一锅旱烟，对着孩子说："前几年我耍秧歌那会，那秧歌……"把"那"字拉得很长。

老三金有就更孤独了，平素大家都下地，说说笑笑，一天很快。正月里很少有人下地，加之自己无妻无子，之前还可以在秧歌场上锯弦子、耍拳、引狮子，来打发一个人的时间。现在守着那盏灯，把心头的孤独照到锅里、碗里、床上与这些黑罩下来的时间。

九十年代初期，魏多金、刘庆来、高月有大多不过问家里的事了，自然也不多过问村里的事。高月有也卸任了书记，目前这一职位由大女婿李茂林担任。

九曲黄河浪打浪，一浪更比一浪强，九十年代的天下是 60、70 后的。

魏孝义、高四海、高元娃等人，上父母年轻，下儿女双全。娃都由父母照看，一群人就结帮去铁路打工了。没过几年物质水平提高，生活压力不大，手头宽松了，大家想着凑些钱，购置服化道，重新结起社火耍秧歌。

年轻人干事，说风就是雨。年初敲定，正月就去各处抄秧歌词、学秧歌调。也是这一年，吃饱饭的婆娘们有了牙叉骨台子。在一起时间久了，难免会说些东家长西家短的事，这都是闲出来的病。

风言风语刮到了高四海大哥的家里，这场风刮破了一个家，这场雨又冲圆了一个家。

四海大哥天保有178厘米个子，身上缀着厚厚的膘，经常顶着比头胎孕妇还大的肚子，茂密的头发常年不知修剪，嘴角的胡须还经常粘着剩饭。说话还结巴，总"哎哎哎"不停。很多少妇都喜欢打趣他。娶妻之后，育有两子。

老二高山神保人长得很精干，梳个三七分，浓黑的眉完下面有双令人入迷的眼睛。高高的鼻梁，薄薄的唇，还有张能说会道的嘴。住大哥家中，平时做做农活，闲时打打零工。两个男人养一个家，自然家里富裕些。却娶妻未果，故多年独身一人。这些牙叉骨台上的婆娘们，就说一些有违伦理的闲言碎语。那时候的墙都是土砌的，根本就挡不住这些戳人心肺的话。

老大自然知道自家兄弟与媳妇的清白，可这个风越刮越大了，雨越下越密了。看到人家依旧富裕，家庭更加和睦。这些婆娘讲得更狠了。

"那天被那谁撞见了！"

"两人……"

"简直不能说，咿——"

"这都是什么人，能干出这样的事。"

"还说不要婆娘，原来是看上嫂子了。"

"人家不都说'好吃不过饺子，好上不过嫂子'。"

"眼看着农闲了，这山神保也不出去打工，还是放不下嫂子。"

"这当哥的也开阔，连婆娘都给老二分着用呢！"

在农村不光寡妇门前是非多，光棍门前是非也不小。高山神保受不了嚼舌根的话，就出远门打工去了。当然，婆娘们以为戳到软肋了，更没有边际地编排起了闲话。

那天，黑云重重，就连雨都是黑色的。高天保没去地里干活，就去老三家看了看父亲，进门后父亲一言不发。要走的时候，父亲说话了。

"是真的吗？"

"啥是真的吗？"

"你自己明白。"

"你说那些闲话吗？怎么可能是真的呢！"

"人家都说得有棱有边的，连我的脊梁骨杆儿都被人戳断了。"

高天保从老三家出来时，雨就像拿碗泼一样，瓦沟的水如山水一般，稍不留意房子就被雨泡倒了。天保边走边想：父亲怎么不信我，却要去信旁人。我和老二就是再混账，也不能做出这样的事。此刻整个人就感觉像被抽去了灵魂，只有几十斤贱骨头撑着几十斤烂肉。

高天保心烦意乱地回到家里，看了看熟睡了儿子，吩咐老婆做碗馓饭。吃完馓饭跟老婆拉了会儿家常，与素日并无两样，拿着镰刀就出门了。

天晴了，太阳格外刺眼。大家突然就听到了震耳欲聋的喊声。

高天保爬上了村中间最高的一棵酸梨树，高呼："世界人民大团结万岁，伟大的中华人民共和国万岁。"

喊完便将用剩的那瓶3911喝完了，刚两三分钟就口吐白沫，即刻就咽气了。尸体从树上跌落，背着地，脸朝天，眼珠似是要跳出来。老人们说，这叫"死不瞑目"。因为这事，牙叉骨台子上的几个婆娘，暗地里给天保烧了好些纸钱。

高山神保回家料理完大哥的丧事。既然大家风言风语刮走了大哥，那我就如你们所愿。山神保跟嫂子组成了新的家，新的一家四口依然幸福。生活的房子并没有因为失去了顶梁柱而坍塌，换上了新的顶梁柱照样四平八稳。

也是从这时开始，山神保决定出人头地。当然，在他的头脑中，当秧歌霸子就是出人头地的事。

孝义几个奔丧时，就劝山神保来铁路上打工，能赚钱还畅快。琐事弄完后，山神保就去铁路上了。

这些年轻人下工、上工就唱几句秧歌，来消遣这吃力的时间。也不知是天赋异禀，还是心中的气，山神保什么调都一学就能唱，而且声嗓非常好。就连弦子学了儿天都能锯个一二三四五，自然而然成了秧歌霸子。

叮叮哐哐的声音敲瘦点点滴滴的日子，在抬起枕木放下钢轨的瞬间，把年头一下子抬到了年尾。也就是在那一年，孝义、四海、元娃几人各拿了两千九百多块归家。此外，每人都分了一件绿色的大衣和黄色的工服。当他们穿着大衣行走在磐安镇的街头时，海边春天的故事也悄悄地潜入了这座古老的城镇。

他们在冬月间回家，照例得拾粪、砍柴。那会儿他们那辈人都是一起出门、一同归家，颇有些共同富裕的意愿。在马场砍柴的路上，唱着秧歌走了两个小时的山路。砍柴时，更是把秧歌当作了山歌，几拨人对唱。

唱得最多的为《古人图》，里面有很多的小故事。调不高，大家都能唱。

正月来是新年，唐王玉妹喜秋千，阴曹地府的白骨精，借尸还魂柳翠连。

二月来春风百草生，打坐南海观世音，一面绣上红孩子，一面阳柳一枝青。

三月初三紧相连，关公月下斩貂蝉，曹营来斩罢貂蝉女，张飞啼哭泪涟涟。

四月初八桑叶圆，假坐州六十年，王三姐挑水井边过，李三姐挑水到井边。

五月端阳插杨柳，王三姐梳妆上彩楼，王侯家公子有多少，绣球单打瓦壶口。

六月来热茫茫，万里长城秦始皇。范郎打在城墙内，哭倒长城是孟娘。

七月日头如箭高，王禅老祖把雨求，孙膑来到桃园内，本是白猿来盗桃。

八月十五日正高，夜打登州逞英豪。哥哥和你登州过，理了扬州百万兵，

九月菊花满院黄，夜打登州小罗成，二十四将如猛虎，冲下杀人剑如锋。

十月里来十月一，家家户户送寒衣，范郎打在长城内，孟姜女千里送衣裳。

十一月来水冻冰，唐僧西天要取经，钻山引路猪八戒，捉鬼降妖孙悟空。

十二月连忙要打春，目莲佛爷救母亲，虽然不是亲生母，九连环打开丰都城。

山神保、孝义、四海、元娃这一年也学了很多曲儿，但都是一些小

秧歌。像《卖水》《牧牛》《十里亭》《花亭相会》还半生不熟，唱起来困难重重。

在满山的秧歌声中送走了冬月，牛家庄的腊月如期到来了。高山神保买来了《断桥》与《游龟山》的戏本子，说要把戏改成秧歌，好好唱一把。大家都读过书，学起来比老一辈快了很多，但大篇的唱词，一月工夫确实很难记住。

腊月就这样紧锣密鼓地开场了。魏金有也不想闲待着，温习了拳法、腿法以及弦子的手法。

这时的山神保家里来人不断，唱的、锯的、耍的，比一些小戏欢愉多了。金有领着四娃、丑娃排练狮子。

端看着魏金有一手持棍，一手拿灯。四娃耍头，丑娃顶尾，堆卧在墙角。金有一脚在前，一脚在后，站定弓步，双手向前，对着狮子打揖。忽狂吼一声："胆！"狮子起身朝灯冲去。金有停了下来，说："不对，不对，你应该……"

锯弦子的几个也嘀咕个不停，唱得就更热闹了。因为完整的戏本，所以需要改调、改词。大家这时正在排练《游龟山》，场面宏大，演员众多。出场是一段的念白："三更灯火五更鸡，正是男儿立志时。庭前多栽栖凤树，池塘常养化龙鱼。要知古今中外事，必须读尽五车书……"

这个腊月像极了十年前的腊月，十年前也是这样一群人，也有这样一股热情。重叠的时间让记忆出现了交叉，如果辉煌也能重现，那悲剧呢？正如送旧迎新的爆竹，粉碎自己换来那声巨响，所以辉煌本身就包藏着毁灭。

八

年三十的烟花热闹到正月十六,这年的秧歌是正月十一日开始到十六日交过子时结束,亦是磐安镇后南山约定俗成的"黑十七"。

由于缓了好几年秧歌重新开张,都不敢松弛。年初四就开始排秧歌了。这年走亲访友都很少,真是台上一分钟,台下不认亲。

正月十一日下午,大家聚在秧歌窝子商讨七七八八的事。

由于秧歌歇缓了近十年,大家都格外热情。秧歌窝子就选在庄中央的高银来家。前大队书记高月有分家分到了儿子银来家,后来,高银来生了两个后人(儿子),目前是个四世同堂的家庭。

高山神保安排活了,像个脱产干部。说:"年前学得太匆忙,大曲儿没学成几个,就保住《游龟山》。其他的就当做排演,今年任务分下去,把《卖水》《牧牛》《断桥》《十里亭》《花亭相会》学熟。今年多唱一些小曲儿,多耍些耐折子(秧歌剧,类似秦腔)。"

四海说:"二哥,今天晚上要不让大家拿上自家的炮仗、鞭炮到庙旁边放,秧歌停了将近十年了,咱们搞得欢一点。"

"那大家再拿上炮仗、鞭炮到庙跟前放,一定看好各家的娃娃,不要在柴火上放。"山神保安排着。

事务安排妥帖，就等月亮了。一群孩子跑过来，抬着抬鼓刚要出去。

山神保喊道："嗨，做什么去？"

一个稍大点的孩子说："烤抬鼓呢！"

"好！小心点啊，尤其是钹，不会打的不要动。"

"好的！"这群孩子异口同声地回答。

"多烤点时间，今晚还要去山场下烧香马呢！"

"哦哦，能行。"魏孝义的大儿子鹏飞答道。

窦桂山的洋槐树搅碎了日头，月亮忽地一下挂上了梁背后梁上的树。抬鼓、嚓钹的声音越来越大了。旦娃子穿戴妥当，探马也背上铃，狮子正在抖他的皮毛。对这场期待已久的庄事，大家都表现得格外兴奋。

高月有的二儿子高钱来高喊了一声："哈喂！"牛家庄的秧歌就热热闹闹地踏上征途了。轻车熟路地奔着山神庙狂欢而来。快到庙里时，探马在鞭炮堆里趟过来跑过去，持续了十多分钟。鞭炮声音刚小下来，探马忽拉开距离，身体一斜，甩起了麻鞭，这声音不比方才的炮仗小。就这样甩了好几分钟，直到把今天新缠的鞭梢甩完才罢休。

探马们几乎是跳进庙的，这场面像极了武侠小说中的轻功表演。进庙依旧是先烧香磕头，会长、神头又将十年前说过的话重新说了一遍。

唱家们就唱起了《上香》。

> 手掌右香盘，俺说我姑娘进花园。
>
> 进得大花园四下来观，百般样花草齐开全。

红花儿开来胭脂染，白花儿开来赛粉团。

黄花儿开来赛金殿，蓝花儿开来赛晴天。

芍药牡丹上席来坐，玉金簪开来站两边。

一出香上余光，玉皇玉帝；

二出香上余光，王母娘娘；

三出香上余光，三关带地；

四出香上余光，四海龙王；

五出香上余光，五方五地；

六出香上余光，南斗六郎；

七出香上余光，北斗七星；

八出香上余光，八仙庆寿；

九出香上余光，九天仙女；

十出香上余光，十地阎罗。

啊一个哎呀啊呀，这才是，烧香人儿的命，望保咿呀哈，大报神灵。

唱《上香》时，唱的人很多，占满了庙院。大家只能唱一句，走一步。再者，牛家庄四面环山，盆地地形造成回声往来。梁顶上走亲戚的路人为这声音、气派驻足。

《上香》唱完，大家马不停蹄地把热闹带向山场下。在家神庙前唱完《上香》，折回了秧歌窝子。可能是好些年没有耍秧歌了，探马这晚是彻底撒欢了。

探马头说："老四，跟秧歌拉开距离，撒欢跑一下。"

"好嘞！"探马尾说。

秧歌刚绕过场埂堎。探马头把手里的香马分给前面的几个探马，拿着洋火点着后朝天一扔，喊了声："烧香马来。"后面的人跟着喊。行动慢的头刚抬起，探马头已经蹿出了十来米，摇着铃铛，甩着麻鞭，喊着"哈喂"。

一个与一个相距三五米，斜着身子跑过去，又斜着身子退回来。如此几次，每个探马都热气腾腾。在这种热闹里，宁静的牛家庄也熟了。探马又踏着鞭炮蹿进秧歌窝子，当然随着炮仗燃起来的还有人心。

《上香》唱罢，再两三个小曲，第一晚的热闹在金有与四娃的狮子口里冷落了下来。卸妆后，大家迟迟不愿回家，坐在秧歌窝子又拉了会儿家常。

魏孝义说："梁上滩子来的秧歌哪天出来呢？"

山神保说："昨天晚上就出来了，也是'黑十七'完。"

四海说："前年，我看了梁上的秧歌，把《卖水》的一些词儿改了。"

怀瑾跟着说："那应该是我四大改的，我听见给我大说呢，说有一些词儿不通！"

元娃说："一个庄一家秧歌还是有点单啊，人不多。那年分秧歌时，我一心想要孝义四大拿来的那串铃呢，最后还是让滩子来人分走了。"

孝义说："就那个过山叫吗？我四大从老来人说的'镖师'手里弄

来的。"

"你们几个没处用（没能力），过去没分到一个好的。"山神保看着四海说。

四海辩解："人家都说梁那边的是战马爷，比曹的山神爷威。"

茂林转身问炕上的月有："姨父，曹的山神爷人家说没解放，是真的吗？"

月有对着铁炉子周围坐的后生说："那时候是我大哥，把山神爷藏在下护林的洞里面了。"

山神保插了一嘴："没解放按理应该神大呀！"

月有说："哎呀，那个东西看不见、摸不着的，谁也说不清楚。但千万不敢做忤逆神的事。我当时虽然说是大队书记，要么借口说要去开会，要么只跟在后面，从来没敢在前面咋咋呼呼。"

怀瑾的堂弟——武娃接着说："对坡子我姐庄来，有个解放过二殿爷的。进去朝二殿爷吐了口水，现在碰见人就'退退退退退'，鼻子以下都快吐干了。"

月有说："梁上不也有个解放过好稍科黑爷的，从梁上一直跪到好稍科。给黑爷把话没下倒（没接受道歉），最后活活吓死了。"

孝义问："那咱们神牌上的都来了吗？"

山神保说："肯定来了，今晚就相当于请神呢！"

四海说："那其他庄来也唱秧歌呢，那一个神怎么忙得过来的？"

山神保还想回应，一时找不到合适的说法，也就不说话了。

接着就是一阵鸦雀无声，炕上躺着的魏多金说话了。

"他姨父，你说曹那几年耍的那秧歌。"又把"那"字拖得很长。

"就是，看秧歌的人乌泱泱的。金有还差点因为秧歌哄个南坡寺的婆娘回来。"

大家笑着说着，多金环视了一圈，问孝义："你三大呢？刚刚还在呢！"

"可能烧炕去了。"

大家又说了些有用没用的话。几个人上炕打起了扑克，其他的人朝着神牌烧香磕头，就回家了。

银来朝炕上喊说："你们几个记得把香续上啊，千万不敢不续香啊。"

银来把父亲安顿到自己的房子后，去到旁边的偏房抱着婆娘睡了。

九

第二晚的秧歌找了个大院子，庄南头茂林家。几个耐折子逗欢了全场，最后一个曲儿安排了《游龟山》。

山神保一身书生打扮，装田玉川；孝义乌纱帽、黑官服，扮卢世宽；四海演胡凤莲；元娃演胡父。当然，还找了几个更年轻的扮家郎。眼前一亮的是三满演的家犬，披了个花床单，戴着用纸糊的狗头，恶气十足，一出场周围的人就笑开了，他还不断朝笑他的人"汪汪汪汪"个不停。

在农村，这么大排场的秧歌不常见，因此所有人都屏气凝神，等待这场大剧的开场。几个七尺男儿站立院中，感觉整个院落都紧张了起来，当然比院落更紧张的是当中的人。

田玉川说道：

三更灯火五更鸡，正是男儿立志时。

庭前多栽栖凤竹，池塘常养化龙鱼。

要知古今中外事，必须读尽五车书。

学生田玉川，父名云山，两榜进士，与明为官，官居湖广江夏知县。学生既读诗书，又习拳棒，学就了文武全才。看今日天气晴和，不免去龟山游玩一回。田明！

家郎应道："有！"

"老爷若问，就说我游学未归。"

家郎答道："是。"

山神保说完也唱罢，在角落站毕。接着胡父与胡凤莲上场，四海与元娃来到了场中央。开口就结巴了，这时孝义站在旁边不断帮腔。越到后面大家唱词也不熟，调也跑出了几里地。

山神保偷偷揪了一下孝义的袍，说："要不曹早点下场吧！再这样下去肯定得丢人。"

孝义悄声说道："那就演一下打戏，早点收场。"

几个私下一串，马上就开始了打戏。山神保与孝义打得还挺有节奏，家郎和山神保打的时候，乱成了一锅粥，惹得大家哈哈大笑。最后，还是放狗勉强圆回了场。

内行看门道，外行看热闹。虽然大失所望，但大家乐开了花，多少算点安慰。狮子跑完，大家回到秧歌窝子烧香，磕头作揖。

兔来急急忙忙地跑到茂林的院子里，说："茂林，把院子的灯拉着。"

茂林在里屋应声答道："拉着了，阿大（爹）！"说着茂林出来了。

"找啥呢？"茂林看着父亲拿着手电筒在院子里搜寻。

"你爷把假牙笑掉了。"

"别寻了，过几天我带到街上补一颗。"

"太黑了看不着，你明天再寻一下，找不着了再补。"

"阿大，走，进屋喝茶。"

"不了，今晚让我去秧歌窝子续香呢！"

"哦！那你走慢点，晚上有冰呢！"

接下的几晚秧歌。高月有、魏多金、刘庆来一直守在场边，给年轻人现场指导。生活本来就是经验的另一种表达，多数时候过来人的一句话，能胜过很多披星戴月的挣扎。

正月十六日这晚，多金、月有、庆来三人再次扮上了《卖水》。

身段、步法同之前并无两样，只是唱腔大不如从前了，嗓子没有之前亮了。

变化最大的是高月有，在队里那会儿一米七八的个头，再加上一顶的乌发，去哪都会喊一句高书记。那会月有不大去地里劳作，腰永远直挺，穿的中山装连褶皱都没有，远远望去还以为是脱产干部。这几年为了给四后人捞光阴，过度劳作，现在头低腰驼，一点没了当年扮梅英时的灵动。

不过三人的表演依旧精彩，虽然嗓子没有之前亮堂，但咬字依旧清晰，一句唱词都没有记错。

尤在表花这段把整个场子唱热了。当那批老人听到"什么花开来什么花浪，什么长上莲花床，什么手掌迎灯照，什么教人迎进绣房"时，才觉得正月才来了，迟到了十年的年味终于来了。

《卖水》唱完，已经交过子时，正式来到正月十七日凌晨，便准备降妖谢将。

第一年降妖，大家都很重视。高山神保站在台阶上说："今年是曹第一次降妖，大家都得注意，这不是私事，是一庄的大事。第一，打火把的注意防火，不要故意给人身上烧；第二，待会降妖的人出来，不管认不认识，都不能叫真名字；第三，婆娘女子有不干不净的（这里说的是月经），躲避一下；第四，降妖的人出去后，要在家里放鞭炮相送，并及时拉灯，随后在大门口撒上炕灰防止死鬼魍魉进入；第五，在庄口撒灰的人也要负责任，及时用炕灰圈好庄；最后，从今日算起，一百天庄里不能有响声，照看好自家孩子，千万不能响炮仗、鞭炮。"

说完，鞭炮响了起来，围观的人紧张地期待起来了！

天神有天官、财神，还有护法四帅。天官着紫袍，头戴用硬纸粘的帽子；财神着红袍，戴的草帽没有帽顶，大长须；护法四帅穿戴整齐，戴面具，背令旗。第一个出场的元帅太紧张了，把后面三帅的咒语喊完了。等到其他二帅跳上桌面，只能喊一句"嗨"，火药一燃就跳下桌了。

第四个元帅甚是聪明，出场便这样喊："鼓足干劲，精神振奋；力争上游，气壮如牛；从今以后，各喊各的；神灵保佑，无灾无愁。"

喊完就跳下桌，接着是天官上桌，手在抖，腿也在抖，磕磕绊绊地喊了一阵，跳下桌就开始降妖除魔了。大家伙儿拿着火面、火把，跟着"天神"，从庄头到庄尾，踏过了牛家庄的每一寸土，连粪坑都没放过，都进去斩妖除邪了。

在积雪很厚的冬夜，所有人迎着月色，除了扮天神的几人有火把照路，其余人都在摸黑行进。基本全村所有的年轻男人都加入了这浩浩荡荡的队伍。从秧歌窝子一出来就喊着"降妖来，降妖来"，别说死鬼魍魉，就是胆小的人，都被这声音吓跑了。

跑着喊着，几个小时后，所有人来到了喜神方位，天官斩了一只能打鸣的公鸡来祭神。接着所有人都跳过火堆，这年的秧歌就拉上了幕布。

四海手臂乏酸地合上了最后一扇钹。钹虽合上了，但牛家庄人的嗓子却彻底打开了。这年立春晚，大地还没有解冻，还不能出门打工。人突然闲下来，就用打扑克、下象棋来打发时间。晚上，就相约去别的村看秧歌。

听说石沟秧歌到太爷坡了，山神保、孝义商量着再去太爷坡过过瘾。几个白天温习了《游龟山》，晚上把原班人马凑齐后就去了太爷坡。跟那边的秧歌掌柜商量后，就装扮好，唱了《游龟山》。

刘怀瑾上场念白说完，就唱：

田玉川出门来龟山游玩，东边看西边望慢步向前。青的山绿的水青山一片，游一游散一散快乐心间。

唱罢就坐在了角落。

接着胡彦与胡凤莲撑船上场，父女俩一唱一和，唱着自家的辛酸。
唱罢，胡彦上岸。这时卢世宽带着家郎上场，唱：

我的父官高势又大，世上无人敢惹咱；

小子们手提鹦哥架，家郎又把虎犬拉；

行步儿我来在龟山脚下，一河两岸好生涯；

盐店当铺本钱大，京货铺子货物杂；

古董行里有字画，画上画了个女娃娃；

摇摇摆摆笑哈哈，耳听前边闹喧哗；

莫行走，且坐下，叫家郎前边去问他。

胡彦这时大喊："卖鱼，卖鱼来。"

卢世宽叫家郎上前去问，接下来是一段对白，卢世宽卖鱼不给钱，
并放恶犬咬了胡彦，还打了胡彦四十大板。田玉川及时出现，救下胡
彦。

卢世宽唱：

骂声狂徒好大胆，少爷面前敢多言。

我的父总督官爵显，难道说不如你七品官。

田玉川唱：

我与你讲的是清理，谁与你比的大小官。

大小官来大小官，官大无理招祸端。

卢世宽又唱：

虽然不比大小官，总督知县不一般。

总督好似五虎显，知县好比一鸡蛋。

想用他来我玩一玩，不用一甩霎时间。

少爷今天把法犯，你娃子不敢送当官。

田玉川回唱：

王子若把律法犯，与庶民百姓都一般。

纵犬伤人理有欠，拷打渔夫太横蛮。

卢世宽唱：

大爷今日把法犯，你大睁两眼把我观。

又说道："不用管，你滚蛋。"

田玉川说："乱臣贼子，人人得而诛之。"

卢世宽说："我料你不敢。"

田玉川说："你料得不准。"

气得卢世宽唱：

骂声狂徒好大胆，井内蛤蟆翻了天。

忙吩咐小子放虎犬。

田玉川唱：

一脚踢犬面朝天。

唱着就把家犬一脚踢翻，打伤了卢世宽与家郎，《游龟山》就唱完了。

把秦腔改编成秧歌，确实耳目一新，大家看得非常畅快。

从太爷坡回来也到深夜了。这时怀瑾没回家，直接去了防护林里的草房，边爬坡边唱着《卖水》。夜深人静，那声音盘绕在山间的窑窑古洞、旷野林山，也钻进了牛家庄人的耳朵里。这跟土地一样古老的语言，总是能给这方山水下的人一份满足与踏实。

当然，生活在牛家庄的人都知道，在牛家庄的白天、夜晚，几乎都能听到这些熟悉的腔调。后来，这个腔调也跟着离家的人，到过异乡的空气。

十

正月就这样浪费完了，转眼来到了二月间。魏孝义收拾好行装，去到不远的远方，用力量来赚取幸福。

魏孝义个派大，多年的劳作让肱二头肌很发达，是个很好的出力人。小时候念过三年书，辍学后兜里一直放本《新华字典》，闲下来就读读写写，在这群下苦人中要算知识分子。平时帮工友记个工、给家里写个信什么的，故而人缘很好。晚上下工后，又像说书人一样给大家讲《薛仁贵征东》《薛丁山征西》《七侠五义》等。时间久了，大家都喜欢听孝义的话。

集体劳作最大的好处是能让人开心，上工下工，大家嘻嘻哈哈、打打闹闹。有一日，在中午下工的路上，工长问谁能把这枝胳膊般的榆树枝折下来，好几个人试了试，都败下阵来。原来这榆树皮很柔，像橡皮筋一般，很难折断。这时，魏孝义拿起撬棍，戳到树杈里，逆着树枝生长的方向，猛一发力，树枝就被折断了。工长拍了拍孝义的肩膀，说："小伙子，不错。"

后来，孝义就被任命为队长了。

农村人做官大多是两种情况，一种是官小瘾大，作威作福；另一种是官大官小与之前一样，只是变了一种称呼。魏孝义属于后者，做队长于他而言，就是给大家吩咐轻活，然后自己独揽重活脏活。

这个施工队大多是牛家庄人，大家平时都能开个玩笑，来给苦日子增添些乐趣，日子就在玩笑声中消逝了。平时下工后，大家三下五除二吃个饭，很多人连碗都不洗，就进帐篷了。帐篷里歪七斜八打着十几个地铺，跟黄土地一样黄色的被子露出脏兮兮的脸与乱糟糟的头，被子里包裹着麻木却纯洁的心。

每逢下雨天，出不了工，大家就会躺在自己的窝里，聊聊使下半身笔挺的话题，接着再吼几嗓子秧歌。每每这时，有个叫学好的工友，总会竖起耳朵听。

这天，学好对孝义说："队长，能不能给我教一下秧歌？"

孝义说："没问题，想学啥？"

"我想学讲故事的那个。"

"哪个，讲故事？"孝义摸了摸脑壳，说，"你学一下。"

"就那个正月来是新正。"学好说。

"《大十二月》，我给你唱，你听着。"

正月来是新正。要过新年，皇姑娘花园来喜秋千，上打月杨板，下打珍珠倒卷连，一命洒黄泉。你是皇姑的翠莲呀！我是皇姑的翠莲呀！声呀声叫刘全。

（刘全因与妻了李翠莲口角，李翠莲上吊自杀后，刘全替唐太宗去阴曹地府送瓜。到了阴间，十殿阎罗检查生死簿，才发现夫妻俩阳寿未尽。于是让刘全还阳，李翠莲借刚去世的皇妹李玉英之身还魂。）

二月来龙抬头。神仙指路，王三姐出嫁高楼上站，手拿上绣球板。王姑娘公子不愿呀！王姑娘公子不愿呀！单打薛平男，单打薛平男。

（王宝钏为相府三小姐，名冠一时，艳绝四方。父亲发布消息，相府三千金王宝钏绣球招亲。此消息引来了众多王公大臣子弟，可王宝钏偏偏把绣球砸向了寒士薛平贵。）

三月来三月三。子路大战长坂呀，杀进曹营家家见。等不见糜夫人来，糜夫人身挫皇室井，生下一条龙。子龙枉把我保呀！子龙枉把我保呀！杀出曹操营，杀出曹操营！

（在长坂坡大战中，赵子龙七进七出，大杀敌军。刘备之妻糜夫人力护阿斗，使得自己身受重伤。把阿斗托付给赵子龙后，投井自杀。赵子龙怀抱阿斗，杀出了曹营。）

四月来四月八。状元祭塔，哭两声母亲把天降，声声哭亲娘，声声抱上回环呀！声声抱上回环呀！母子重相见，母子重相见！

（状元许仕林高中状元后，启奏皇帝，请求回家祭母。天神深受感动，打开雷峰塔门，让母子二人重新相见。）

五月来五端阳。磨坊来受苦李三娘，糖烧饼儿吃两下，生下咬脐郎。只望娇儿成人呀！只望娇儿成人呀！搭救母亲的命，搭救母亲的命。

（刘知远被逼从军后，李三娘兄嫂强迫其白天担水浇麻，晚上推磨磨面。后咬断脐带生下儿子，人唤"咬脐郎"。担心兄嫂对儿子不利，央人送往军营。十六年后一家人才团圆。）

六月来热难挡。林英降香，我丈夫终南山取真经，独留受苦难。只望奴夫回环呀！只望奴夫回环呀！夫妻重相见，夫妻重相见。

（韩湘子去终南山学道，独留妻子林英女侍奉老母。三年未归，妻林英在后花园烧香，求夫还家。香烟触动韩湘子，有心度化妻子上天，于是化作道公相见，林英不解偈语，命丫鬟将其赶走。前后三次，才度化林英上天。）

七月来正十三。织女下凡，我兰（和）董永儿有一缘，孝情感动天。我兰（和）董永结亲呀！我兰（和）董永结亲呀！百日到婚缘，百日到婚缘。

（织女深为董永的孝心所感动。一日在众姐姐的帮助下，乘鹤下凡来到人间与董永结为了夫妻。）

八月来八月八。桂英把山降，来到满门把福降，沙场泪涟涟。你与你妻表明呀！你与你妻表明呀！搭救奴夫的命，搭救奴夫的命。

（穆桂英下山帮助丈夫杨宗保，亲赴边关沙场，大破辽邦的天门阵。）

九月来九重阳。花儿三娘，左手提起千斤砸，砸在华山上。沉香劈开华山呀！沉香劈开华山呀！搭救娘亲的命，搭救娘亲的命。

（沉香母亲与凡人刘彦昌结婚并生子，触犯了天规，被羁押在华山。后来沉香学艺归来，劈开华山救出了母亲。）

十月来十月一。纣王宠妲己，千里路上奔西岐，闹得一门乱。力逼黄家父子呀！力逼黄家父子呀！反出五关辕，反出五关辕。

（纣王宠信妲己，好色成性。在妲己的帮助下，逼迫黄飞虎之妻未遂，致其跳楼。黄飞虎得知非常生气，父子反出五关，投奔西岐。）

十一月冷寒天。李渊大战临潼山，好言劝降林满山，怀上太子元。碰见秦琼好汉呀！碰见秦琼好汉呀！保主坐江山。

（杨广在临潼山伏杀李渊，碰到秦琼搭救。李渊一家才得以逃脱，夫人因惊吓早产生子。）

十二月冬至节。公子进花园，担水浇花实可怜，亲人来帮忙。浇得我百花成双呀！浇得我百花成双呀！不忘老心肠，不忘老心肠。

（李彦贵因家中变故，沿街卖水。黄桂英打发丫鬟将其请进家门，以浇花名义夫妻相会。）

孝义唱到"五月来五端阳。磨坊来受苦李三娘"时，学好可以跟着哼了，其实秧歌就是这样哼会的。学好能完整唱《大十二月》的时候，他们就打包好了回家的行李。这一年像极了疾驶的火车，就这样呼啸而过了。

十一

这时，改革的春风正在吹绿这片山。大路旁边，笔直的白杨树守护着这一方山土，四月菜籽花儿黄，五月麦苗绿油油。

这一年，中国社会主义现代化建设和改革开放的总设计师邓小平逝世。这一年，中国国旗和香港特别行政区区旗在香港升起，中国政府对香港恢复行使主权。成立香港特别行政区，解放军进驻香港。这一年，国家主席江泽民首次正式访美。当然，国际、国内的巨大变化都没有影响牛家庄，牛家庄依旧与头一年一样，日出而作，日落而息。一些人为了一篙粮食把力气花在了黄土里，一些人为了一沓钞票把力气花在了铁轨上。

刮了一场怪风下了一场雪，腊月的年货摆出街，妹等哥哥成十月。

鞭炮齐鸣，锣鼓喧天，牛家庄人的热闹来了。

那会儿通讯设备落后，但传播广度不比现在差。因头一年在太爷坡唱《游龟山》，牛家庄的秧歌好似秋天的树叶，一下就红遍了后南山。人们谈到牛家庄的秧歌，都如魏多金一样，说："牛家庄的那秧歌……"并且会把"那"字拉得很长。

好多村子争先恐后地邀请牛家庄的秧歌，牛家庄的秧歌霸子——

高山神佑，按照喜神的方位确定什么时间去哪个村。毫不夸张地讲，当时牛家庄的秧歌代表了甘谷秧歌的最高水平。

出庄的次数多，故耍秧歌的时间越延越长。直耍到这年的正月底。田家庄派人老早就来到了秧歌窝子，想让今晚去田家庄，班头就派钱来跟着来人去插旗了。

吃完晚饭，收拾妥当，众人出发了。钱来在路上给探马重新做了分配，只挑了身强力壮的精干汉子，给探马尾嘀嘀咕咕了很长时间。在离田家庄一两里的时候，麻鞭甩得很响，喊声雷动，气势如虹。在约莫能看到田家庄接秧歌的人时，探马斜着身子跑了起来，嘴里喊着"哈喂"，一声声音浪冲到寒风里，空气瞬间都暖和了。

钱来与田家庄的探马头碰面，打完揖并没有折回，而是把田家庄的探马插到了牛家庄的探马中间。牛家庄的探马尾把秧歌拖得远，钱来带着探马在娘娘庙与秧歌之间来来去去好几趟。麻鞭一甩，喊声震天，田家庄的探马顿时失色。折腾了大半个小时才到了娘娘庙，这时探马身如水洗，让田家庄先感受到了牛家庄探马的威武。

进庙依例唱《上香》，班头安排了几个年轻、声嗓好的唱《上香》。人不多，个个出众，这一支曲儿已经让田家庄人看到了牛家庄秧歌的架势。《上香》刚唱完落调，钱来一声"哈喂"，把旁边好几个吃奶的孩子吓哭了。接着，探马们如子弹般一个个飞跃出了庙门。

秧歌不一会儿就到了插旗的人家，探马把场子打开。魏孝义拿来一柄长枪，快步走入场中央，作揖起势，眼到神到。一套枪得耍东南西北四个方位，枪枪凌厉。刺、摆、收，每一个武路都十分娴熟威风。尤其枪尖落地，进而在地上画出一个圈，碰到地面的石子，火星四溅。观赏性不低于罗家枪法与杨家枪法。眨眼间，手中的枪不知道何时变成了棍。比起枪的观赏性，棍则攻击性十足，棍棍带风，招招有力。

魏孝义下场，接着是高山神保舞剑，最后是魏金有的耍醉拳。人群中的喊好声一潮高过一潮，之后才秧歌开场。

《游龟山》《断桥》两曲唱罢，已近凌晨。此时所有人睡意全无，过了会儿，东家做好了饭。又上了几个耐折子，大家换着吃饭。

此时人潮才有些微减退，东家又点了《卖水》《牧牛》。《卖水》与《牧牛》就让李茂林、刘怀瑾与高元娃搭班去唱，这两支曲子唱完，院子里不拉灯都可以看到人的轮廓了。

秧歌唱完，就到最后一个流程——跑狮子。这时，魏金有跳进院中央，先唱了年前在武山学的《耍狮子》：

千日红，万日红，南极星前日照红，大地复苏万物醒，红对字门神贴上门。

锣鼓喧天放鞭炮，辞旧迎新好热闹，庄前秧歌扭得美，庄后狮子耍得欢。

狮子头上九个包，耍到哪达哪达好，狮子狮子摇摇头，今年的牛羊肯下犊。

狮子狮子把腰转，五谷丰登憋破篱（篱：一种囤粮工具），狮子狮子摇摇尾，今年天下好雨水。

一要风调又雨顺，二要国泰民也安，三要三星齐高照，四要四季发大财。

五要五子登科弟，六要六畜都兴旺，七要七巧都来财，八要八方庆太平。

九要九龙腾空舞，十要把瘟神赶出村，新年头上耍秧歌，普天同庆喜事多。

唱罢，四娃顶着狮子头坐卧角落，金有一手拿棍，一手把灯。先打揖，接着狂吼一声"胆"，狮子即刻竖毛立起，朝灯扑去。说时迟，那时快，金有一棍打来，狮子退后几步。狮子扑灯，引狮人护灯。几个回合下来，狮子貌似怒了。引狮人把灯放地下，拿着棍子护了一阵后就退场了。狮子猛扑向灯，又迅速撤退，张开血盆大嘴，装作烫伤模样。如此几下，狮子便将灯给吃了下去，便浑身打战，好像烫得不轻。四围跑了一阵后，便脸朝大门，把刚吃进去的灯拉了下来。随即又转了一周，看到院子里的灯，一跃而起，把灯泡给抓破了。接着探马头又是一声"哈喂"，众人收点行装，浩浩荡荡地回村了，脸上绝无半缕疲惫。

山神保说："孝义，你这锚杆子越耍越好了。"

"我想着把你的剑学一下呢！以后唱《断桥》，加到秧歌里，能更花哨点。"

"就是，我怎么没想着。"

"今日睡醒曹再排一下。"

"哎，四海呢？"

"前头打抬鼓去了。"

"四海装的许仙厉害啊，尤其你用剑压着脖子的时候，全身打颤，还真像啊！"

"就是，那会儿我还有点害怕，以为是毛鬼上身了。"

这就是热爱，热爱或许换不来柴米油盐，但热爱一定能让人全力以赴。秧歌好似一根丝带，把牛家庄人绑在了一块儿。俗话讲："人心齐，泰山移。"此时的牛家庄定能铲除每一堆挡在盘头嘴的雪。

十二

在庄左庄右的村，又耍了几晚。每一晚都人山人海。直到铁路开工，老板催了几趟，他们还是没能抽身出门。直到二月间，才要缓（结束）秧歌。

高山神保把去年降妖的人换了下来。

由高山神保、魏孝义、高四海、高元娃、刘怀瑾、李茂林、高四娃七人装扮。七人在房里装扮的时候，大家在院子里唱着《十个鸟娃儿》：

一个鸟娃儿一个头，一双眼仁儿明啾啾，一双的黄爪子前台上站，渐渐啊太平；一个的尾巴儿向后边，太呀啊平年；

两个鸟娃儿两个头，两双眼仁儿明啾啾，两双的黄爪子前台上站，渐渐啊太平；两个的尾巴儿向后边，太呀啊平年；

三个鸟娃儿三个头，三双眼仁儿明啾啾，三双的黄爪子前台上站，渐渐啊太平；三个的尾巴儿向后边，太呀啊平年；

四个鸟娃儿四个头，四双眼仁儿明啾啾，四双的黄爪子前台上站，渐渐啊太平；四个的尾巴儿向后边，太呀啊平年；

五个鸟娃儿五个头，五双眼仁儿明啾啾，五双的黄爪子前台上站，渐渐啊太平；五个的尾巴儿向后边，太呀啊平年；

六个鸟娃儿六个头，六双眼仁儿明啾啾，六双的黄爪子前台上站，渐渐啊太平；六个的尾巴儿向后边，太呀啊平年；

七个鸟娃儿七个头，七双眼仁儿明啾啾，七双的黄爪子前台上站，渐渐啊太平；七个的尾巴儿向后边，太呀啊平年；

八个鸟娃儿八个头，八双眼仁儿明啾啾，八双的黄爪子前台上站，渐渐啊太平；八个的尾巴儿向后边，太呀啊平年；

九个鸟娃儿九个头，九双眼仁儿明啾啾，九双的黄爪子前台上站，渐渐啊太平；九个的尾巴儿向后边，太呀啊平年；

十个鸟娃儿十个头，十双眼仁儿明啾啾，十双的黄爪子前台上站，渐渐啊太平；十个的尾巴儿向后边，太呀啊平年。

唱完之后，就该天神出场了。

最先出场的是土地神，他的咒语是在桌子下面说完的：

土，土，土，土地老儿本姓张，摇摇摆摆放胡光。

四大会神来献羊，羊肉羊汤你喝上，名名儿背在我身上。

接下来，赵元帅左手拿着鞭炮，右手拿着五颜六色的法棍，随着火药的点燃，跳上桌面，喊出了自己的咒语。

啊……哎……

家出四川峨眉山，手拿铁锁把虎拴。

要知吾当镇保好，黑虎玄坛赵灵官。

喊罢，站在了东边。接着火药燃起，第二个元帅右手执鞭，左手拿砖。随着鞭炮一起跳上桌面。

啊……哎……

头戴七星罩鼎冠，手执金砖和金鞭。

要知吾当镇保好，巡查议事王灵官。

跳下桌，站在南边。又是一团火焰，第三个元帅手拿铁锁，喊道：

啊……哎……

家出四川峨眉寨，手拿铁锁把虎带。

要知吾当镇保好，巡查议事叶灵官。

站在西边，第四位元帅手执宝剑，踩着火焰，站上桌面。大喊：

啊……哎……

口是血盆牙是钉，手执宝剑斩妖精。

要知吾当镇保好，除妖斩魔马灵官。

守把北边。接下来便是天官出场，比起四帅的妆容，天官和善了很多。也是踩着火焰，登上了高桌，念咒：

吾在九重做天官，常在玉帝宝殿前，世人若把阴功满，福福禄禄降灵凡。吉庆堂前，香烟茂盛，冲开了南天斗口。玉帝心喜，令我在吉庆堂前赐福一回，这般时候待我揽坐祥云，奔向吉庆堂前，来在吉庆堂前。

大叫四帅：四大元帅，来在什么地方？

四帅同说：来在吉庆堂前。

天官：待我抬头一观，真来是宝庄福地一处，待我展开万卷图，赐福赐福。福地福地真福地，福地世代真风流。周公算来鲁班修，修在八卦甲字头。宝庄宝庄真宝庄，青龙白虎列两旁。前面紧靠龙戏水，后面紧靠卧龙岗。左青龙，右白虎，祖祖孙孙都有福，福如东海长流水，水流常清，清白传家，家藏万卷书，书中有黄金，金玉满堂，堂前生贵子，子孙同乐，乐没大焉，老年人在家长命百岁。青年人空手出门，富贵还家；庄稼人一籽落地，万籽归仓。骡马成群，六畜兴旺，五谷丰登，风调雨顺，四季清平，能事如意，好人相近，恶人远离。牛羊低头吃草，抬头长膘，狼来者锁口，贼来者迷路，赐福已毕。待我留诗一首。

香在炉来蜡在台，花在瓶内四季开。每年每月常茂盛，天官年年赐福来。

留诗已毕。观见东北角，红云飘飘，不知道哪位大仙来也，等我掐指一算了，甲乙丁戊己庚辛！财神来也！

财神：家出聚宝村，生来有仙根，玉帝亲封我，封我披头大发活财神，吉庆堂前。香烟茂盛，冲开了南天斗口。玉帝心喜，令我来在吉庆堂前，撒钱一回。这般时候待我揽坐祥云，奔向吉庆堂前，来在吉庆堂前。观见天官在此，动问声天官请了？

天官：财神请了。

财神：请了。

天官：财神你不在北海，来此地为何？

财神：前来者撒钱。

天官：钱带哪里？

财神：聚宝盆内。

天官：有数无数？

财神：怎能无数？

天官：多少数目？

财神：一十万贯有余。

天官：为何不撒？

财神：说撒便撒。

一撒者风调雨顺，二撒者国泰民安，三撒者三阳开泰，四撒者四季清平，五撒者五谷丰登，六撒者六位高升，七撒者七子八孙，八撒者八仙庆寿，九撒者九常福贵，十撒者万事亨通，撒钱已毕。等我留诗一首：

刘海携金蝉，步步撒金钱，金钱落贵地，福贵万万年。

留诗已毕，待我回上天堂，玉帝面前交旨。

天官：观见刘海财神化一股清风而去。

大叫四帅：四大元帅，何不来到？

四帅同说：天官登坛，早来伺候！

天官：将庄儿沟村牛家庄庄前庄后、庄左庄右温疾事扣，脂肪各虫，死鬼魍魉，追追追赶赶赶，赶到吉庆堂前。

四帅同说：领法旨。

天官：待我将这温疾事扣，脂肪各虫，死鬼魍魉，戴在袍袖之内，回上天堂，三十三天，玉帝面前交旨。

探马头走在最前面，天神随后跟上。走过牛家庄的每一寸地，将看见的、看不见的瘟黄时症、死鬼魍魉，用这种形式赶出庄。降妖期间抬鼓、嚓钹打法与平时不一样，猛击四下，一个停顿，听着就如"天兵天将"。后面跟着的人，打火把、打火面，前半程喊"降妖来"，后半程喊"降住了"。

这年算是第一次成功降妖，大家的参与度与积极性都很高。这七个天神也是第一年"做神"，看到年轻妇人与姑娘就举起法器吓唬，这乱糟糟里的热闹成了他们年轻时期最深刻的记忆。

从高四海门口出来，就看到了一大堆妇女。"天神"拿起法器冲过去，大喊"降妖来"，吓得妇女们连连后退，有几个被挤着掉进了茅厕里。

不几分钟，就降到四海家了。四海一个箭步就冲到了坑上，朝老婆的屁股上招呼了几下。

老婆朝四海低声说："把你死超子，今晚别回来了，我给你不开门。"

四海才跳下坑，喊："降妖来！"用法器在角角落落里敲敲打打，连新买的电视机也要敲一下。

从李茂林家出来，家户就降完了。一出院子，边喊"降住了"，边奋力奔跑。雪色的月光，把每个人的心都照得那么亮堂，把牛家庄的路照得那么清楚。

不知后面谁喊了句："前面路边有个窖，都小心一点。"

话音刚落，就听到"扑通"一声，队伍最前面的土地神掉进去了。在地窖里没有喊"救我"，而是一个劲地喊"降住了"。第二位的天神迅速拉了上来，继续朝喜神方位跑去。

最后所有人都来到了喜神方，天官斩鸡祭神，大伙跳完火堆。牛家庄的秧歌，在野外的火堆里冷清了下来。

十三

正月里的冻冰二月里消，河湾里的鱼娃儿水面上漂。刚进到二月，河畔的柳就抽出了新绿，阳坡地里的麦也青了起来。男人们为了生计，出门搞起了副业。女人们松完菜籽地里的土，接着拔麦地的草，忙忙碌碌已经到了四月间。

这时节魏多金、高月有几个老人，在家里也帮不上大忙，整天就是赶上牛满坡啃草，自己趁机割捆梢子。回家之后逗逗儿孙，采摘一些野味，颇像文化人所说的含饴弄孙。

五六月间，牛家庄搞副业的年轻劳力都会回家，作操农务。这时候村里又会热闹几个月，田间地头会多一些如土地一样朴素的言传，也会多一些正月里才能听到的声音。

作操完农务，已经七月大半了。劳力们又得出门了，去到城里给婆娘娃娃挣幸福去。当然，这个时候务工的人多了起来。四山八沟的人聚在一起，加深了庄与庄的联络，也促进了当地民间文化的繁荣。

在工地上互相学唱各个庄的秧歌、武艺，此时磐安的民间艺术可谓是"百家争鸣，牛家庄独领风骚"。也是这个原因，牛家庄人在磐安有名了起来。

魏孝义、高元娃在学好跟前学会了《十月怀胎》，要在好搭伴高四海的院唱。同样的三人，孝义、元娃的娃能跟着爷爷放牛了，四海的娃还没有经过奈何桥。在一声声火车的轰鸣声里，日子又到年关了。割梢子、拾粪、排秧歌，十一腊月的日子总是紧巴巴的。那声鞭炮响起，牛家庄的年来了。

按搞副业时商量好的，秧歌窝子就在高四海家。

第一晚，魏孝义与高元娃就迫不及待地唱了《十月怀胎》：

腊月里梅花儿开呀，此花儿开得怪，直到正月里，姐儿要怀胎，直到正月里，姐儿要怀胎。

怀胎二月二，想吃个酸杏儿呀，想来呀想去想不到我的口里，想来呀想去想不到我的口里，

怀胎三月三，三月里正无钱，白辣辣的身材叫人见呀，白辣辣的身材叫人见呀。

怀胎四月半，出怀不出肚，这都是为男女出出的身子，这都是为男女出出的身子。

怀胎五月五，五月里大热天，白辣辣的身材叫人见，白辣辣的身材叫人见。

怀胎六月六，六月里中伏天，白辣辣的身材叫人见，白辣辣的身材叫人见。

怀胎七月半呀，我妈妈从头算，算来算去还差个两个月半，算来呀

算去呀还差个两个月半。

怀胎八月八，思想起转娘家，我妈听见了，忙把着鸡娃儿杀呀，我妈听见了，忙把着鸡娃儿杀呀。

怀胎九月九，我妈妈送我走，肚子里的月娃儿翻了个筋斗呀，肚子里的月娃儿翻了个筋斗呀。

怀胎满十月，得了个肚子疼呀，疼是疼得慢呀，疼出了满身的汗；疼是疼得凶呀，疼得我满炕滚，是儿子是女子摘离了娘的身，是儿子是女子摘离了娘的身。

丈夫你出去，老娘你进来呀，落地的月娃儿连哭三声，落地的月娃儿连哭三声。

小米抓一把呀，鸡蛋打两颗呀，给曹的亲姐儿烧上点暖心汤，给曹的亲姐儿烧上点暖心汤。

天上许高灯，地下许愿心，这都是为儿女出下的身子。

唱《十月怀胎》时，主人家要给所有人发糖。可能是觉得送子观音已经答应了，故发糖庆贺。当然，如果人生都如戏文里所写好的，那这人生就会有太多的如愿。可四海家还是没有添新丁。这让四海很着急，人生大事只完成了事，没完成"大"。由于两口子一直没生养，慢慢家庭矛盾就多了起来。这是后话，此处不表，我们接着说耍秧歌的事。

秧歌窝子设在四海家，山神佑就像自己家一样，故而特意写了《转娘家》。想着不光要生，还要多生。

这是四海男扮女装成老阿家（公婆），孝义、兀娃、怀埵、茂林扮四个媳妇子。

四海装啥像啥，这时以一个中年妇女的姿势走到了场中。说：

哎吆！我称了点子燕窝买了点子海，衙门里听了一句话好得美。咿吆！我家里有个金香、银香、梅香和桂花香，我的娃，咱要串豌豆去哩！

四个旦唱：

正月来原是一个喜呀新的年呀，我妈妈叫我着过呀啊新年。

开言来呀问一声奴的个妈妈呀，给孩儿放口话，奴还要转娘家。

阿家说：

正月来原是个喜新年，灯戏大戏到门前，又要观灯又看戏，这一回娘家不得转，要去直到二月二。

说完媳妇子背过面唱：

二月来原是一个二呀春风呀，我妈妈叫我着串呀啊豌豆。

转过身唱：

开言来问一声奴的个妈妈呀，给孩儿放口话，奴还要转娘家呀。

阿家接着说：

二月来原是一个二春风，阳山阴山齐消通，又要背粪种禾田，庄农人儿永总忙着不得闲，要去直到三月半。

媳妇子们又转身，唱：

三月来原是一个三月三，我妈妈叫我着换呀啊单衫。

转身朝着阿家，唱：

开言来问一声奴的个妈妈呀，给孩儿放口话，奴还要转娘家呀。

阿家总有话截住，说：

咿吆，我的娃，我不叫去。三月来原是个清明节，这一回耽搁着没缠脚，打扮好了把娘家转，要去直等到四月半。

气得媳妇子们再转身，唱：

四月来原是一个四月八呀，我妈妈叫我着转呀啊娘家。

再次转向阿家，唱：

开言来问一声奴的个妈妈呀，给孩儿放口话，奴还要转娘家呀。

阿家已经准备好了，说：

咿吆，我的娃。四月来是一个四月八，满川的麦子齐放花，你的男人跟上麦场了，要去直到五月间。

媳妇子们没有脾气，又背过去，唱：

五月来原是一个五端阳，我妈妈叫我着过呀啊端阳。

转向阿家，又捶腿，又捏肩，唱：

开言来问一声奴的个妈妈呀，给孩儿放口话，奴还要转娘家呀。

阿家不慌不忙，又说：

咿吆，我的娃。五月来是一个五端阳，雄黄药酒闹一场，纳了两件好衣裳，叠好放在板箱上，六月来要去还跟上，要去还到六月间。

媳妇子又转过身，唱：

六月来原是一个热茫茫呀，我妈妈叫我着转呀啊娘家。

再次转朝阿家，唱：

开言来问一声奴的个妈妈呀，给孩儿放口话，奴还要转娘家呀。

阿家回道：

咿吆，我的娃。六月里原是一个中伏天，豆儿黄了麦齐秆，又要碾场种禾田，哪有工夫转娘家，这一回娘家不得转。

又对着四个媳妇子说：

我宁叫媳妇子骂阿家，不叫媳妇儿管阿家。我一辈子没见娘家的面，米粮剩下几十石。你别剃我老娃婆的根，我把我的娃引上着回家去。

头一晚的秧歌在牛家庄，依例，第二晚去山场下。这两晚过后才能出庄，去其他村耍。

十四

第二晚在山场李改改家耍。探马奔腾过后，金有耍拳、山神保盘刀、孝义舞枪。武场结束后，怀瑾与四海跑了一段纸马，作为武场与文场的过渡。

两人头上绑着羊角手巾，上身穿白色马甲，下身穿黑色长裤，腰间还系个红布扎成的腰带。左手拿着马鞭，右手牵着纸马。

翻着跟头进场，把马鞭别在腰间，空手耍了几个拳法。吆着马唱道：

正月里看灯花渭阳出发，乘一匹枣红马要去北京。

枣红马跑开了好不威风，枣红马跑平地飞檐走壁。

枣红马上山去赛如平地，枣红马过山去鹞子翻身。

枣红马过江河水滴不染，枣红马下山去如虎翻身。

枣红马走饿了不吃草料，吃人肉喝人血三魂如领。

枣红马过碱沟赛如蛟龙，枣红马一心儿要回家中。

枣红马刚退场，孝义扮老艄公、元娃扮小艄公、茂林扮船姑娘，将新学的《搬船子》搬上秧歌。

《跑纸马》《搬船子》是几人去年在陕西赶麦场时，跟陕北的一个老头学的陕北民歌。几人回来改成了秧歌调，加了些秧歌词，又把新的剧目带到了磐安。

老艄公拿着船桨摇进了院中央，唱：

水舡飘飘两盏灯，怕得下雨刮大风；单等今日天气晴，咱把水船拉起身。

小艄公唱：

无事出东门，河弯里去散心；猛然间抬头看，水船水上漂；船舱里坐一位花大姐，实实爱死人。

船姑娘唱起了《绣荷包》：

天上月儿高，地上风摆杨柳梢；

我男子在外面卖樱桃，丢下一女绣荷包。

一绣天上明月照，二绣神仙赴蟠桃；

三绣黄河翻波浪，四绣鱼娃儿水面漂；

五绣五龙来吸水，六绣黄莺在树梢；

七绣鹦哥会说话，八绣猛虎上山冈；

九绣我男人前边去，十绣奴家紧随跟。

这才是呀，绣下的花花儿的荷包我男子戴上游杭州。

小艄公喊道：

"老汉，船漏水了！"

这时，船姑娘用双手提着水船就地转三四个圈子，两个艄公左扶右荡，生怕这船儿翻到深水里。不一会儿，老艄公将木桨拄在地上，喘着粗气，用手指了指小艄公，唱：

俺这船来是好船，前有撑篷后有旗杆；

四面角角掉火蛋，中间坐个花木兰。

船姑娘着急地说道：

艄公大爷，我走我娘家，着急赶路，请你划船快些。

艄公说道：

划快并不难，要唱一个四言八语。

船姑娘说：

唱个四言八语并不难，无人帮腔。

艄公说：

远看。

船姑娘说：

无人。

艄公说：

近处。

船姑娘说：

原来是艄公大爷。

艄公说：

哎，正是的。

两人对唱的正是《十对花》，艄公提问，船姑娘对答，唱词如下：

我说一来谁对上个一，什么开花簇簇儿？

你说一来我对上个一，看灯花开簇簇儿。

我说二来谁对上个二，什么开花对对儿？

你说二来我对上个二，豌豆花开对对儿。

我说三来谁对上个三，什么开花叶叶尖？

你说三来我对上个三，川草花开叶叶尖。

我说四来谁对上个四，什么开花带上刺？

你说一来我对上个一，刺玫花开带上刺。

我说五来谁对上个五，什么开花手托手？

你说五来我对上个五，串子莲花开手托手。

你说六来我对上个六，神门开花滴溜溜？

你说六来我对上个六，茄子花开滴溜溜。

我说七来谁对上个七，什么开花带上漆？

你说七来我对上个七，漆杆子花开带上漆。

我说八来谁对上个八，什么开花一把把？

你说八来我对上个八，瓢子花花开一把把。

我说九来谁对上个九，什么开花最最久？

你说九来我对上个九，九月菊花开最最久。

我说十来谁对上个十，什么开花十对十？

你说十来我对上个十，石榴开花十对十。

唱罢，把船搬到了角落里。唱完《卖水》后本来就要缓，李改改又点了《游龟山》。唱完已经月亮西斜了，大家打着灯回到秧歌窝子，烧完香就回家了。

从第三晚开始，就每晚出庄。在四海院里唱完《上香》，行头收拾妥当。抬鼓、嚓钹"哗哗哗，嚓嚓嚓"时，已到了张灯时分。秧歌刚绕过大匝，这时便可以俯瞰牛家庄的全貌。

孝义看着牛家庄的万家灯火，说："呀，你看曹庄来还很好看呢！"

山神佑回道："今年每家每户都有灯笼，远处看确实好看。"

两人坐在路旁的田埂上。孝义抽出了两张约摸两指宽、比中指略长的纸条，给山神佑递了张，自己留了一张，接着给一人抓了一撮烟叶。说："卷根烟抽完再走。"

四野空茫，"嚓嚓嚓，嘣嘣嘣"的声音绕到山鼻梁时很清晰，绕进湾里时就模糊。风把山神佑吐出的烟又吹进口鼻里，猛咳了一阵。

山神佑说："哎呀，我就说牛家庄怎么没有姓牛的，现在你看就像一头卧着的牛。"

孝义看时，果真如一头牛。村北头头一户是阳蕨湾老李和小儿子李文化，院子方方正正的，好像牛嘴；接着往里走，一上一下住着刘怀瑾与高山神佑，之间隔着一个小斜坡，如两盏牛眼；刘怀瑾隔壁住着堂弟刘武娃和刘庆来老两口，分前后院，故而长长斜斜的，算是全庄最靠西的，算是牛头；刘武娃家大门外是庄上面的一条小路，路下面是石匠的几个儿子；再下面是魏孝义，魏孝义家大门口又是庄下面的一条路。上下两条路，勾勒出了牛身体的轮廓。

魏孝义与高山神佑是邻居，两家中间有条通往下河湾的羊肠小路，沿着小路走 20 步就是高四娃的院子；站在高四娃院门口朝南望去，约 500 米的地方就能看到高元娃，这两户是牛家庄最东的。庄身底下的这两弟兄，都与庄下面的路通过两条羊肠小道勾连，两家姑且当作是牛蹄。

剩下的院子都挨得很紧凑，虽不规则，却也不凌乱。庄下头的路与上头的路交会在打麦场上，打麦场的东南角就是李茂林的院子，与打麦场大概十二三步的距离。这全村最南的一户，就可以看成是牛尾巴了。

手里的烟不知是被风吃完了，还是被两人抽完了。起身，也没有拍屁股上的土，就跑着就赶秧歌了。

十五

不知不觉又要到了二月初。秧歌刚缓，因为刘武娃要结婚，大家就都没有着急出门。

大村子有大的热闹，小庄子也有小的好处。在牛家庄，只要是红白事，最忙的永远是女人。切菜、熬菜、炸丸子、煎油饼、煎洋芋、蒸馒头……

女人们要提前两三天开始准备，所有人聚在一起。把高家、刘家、李家、魏家的事，都当成了自家的事。

结婚日子的头一天，是最忙的！得找好记情簿的人，管事的人。高月有负责记情，魏金有管事。这天就得把挑水的人、接亲送亲的人、坐席时端盘子的人、伺候亲戚的人、厨房的人安排妥当，第二天都必须各司其职。虽然是一家的事，但又变成整庄的事。

女人们要准备好第二天的吃的，宁可剩了，不敢不够吃。男人们就开始布置新房，贴喜字、绑拉花、贴喜联、借桌子椅子、借蜂窝煤炉子……还得借个录音机，得一直放歌。嫁出去的女娃，在这个时候也会回村，来见证这种幸福。

李改改有个女儿，嫁到了外州外县，操着一口难听的普通话也专门赶来吃席了。几年没见，大家都对她格外亲热。当然，这也是村子里走得最远的人，那么多双眼睛里均藏着羡慕。而今，又说着听不懂的话，此时一些女孩子心里已经腾起了火苗。这花林还给大家说了外面的路、外面的水，外面还有车跟船。车在镇上见过，可这船在北方实在稀缺。对于从未走出磐安镇的大家而言，都无法在心上想清楚样子，能想到的只有耍秧歌时的船子。

天擦亮，武娃、怀瑾堂兄弟几个点了炮仗，烧了香表，在主屋明蜡点香。就算是请离世很久或许已经转世的爷爷来参加婚礼了。

依这里的风俗，结婚不吹唢呐，也没有轿子。男方家会依照属相指派娶亲人，两个已婚男子、两个已婚女子，找的这四个人都须婚姻幸福，家庭美满。通常会在天亮前到女方家里，吃过早饭，带上女方的送亲队伍，赶赴男方家里。这阵仗很像暮归时结群归巢的鸟儿。

武娃媳妇一身红妆，手里拿着订婚时送去的花，很难受地走着，原来脚上是素日未曾穿过的皮鞋。厚厚的嘴唇涂成了鸡冠红，脸部的高原红依然能刺透劣质的粉，脖颈还是枯枝般粗糙的颜色。唯一的遗憾是，看不到新娘的双手，也不知道这双手能不能拿镰刀，会不会擀面。

四海横在路中间，耳朵缝里还夹了根烟，说："武娃抱进去，不然不让开。"

光天化日之下，新娘子却不让她光明正大的丈夫堂堂正正地抱。大家一齐起哄："抱进去！""武娃，硬邦一点！"……

闹了一阵后，新娘子还是妥协了，被武娃抱进家了。进门后，送亲的人马上落座，就开始吃带汤的米饭菜了。新娘子则换了件衣服跟着武娃，去迎后面的长辈了，当地叫"送队乐"的。吃完饭大家就拉拉家常、打打扑克，别无他事。

也没有其他的成婚仪式。过午之后，吃流水席的同时，先是庆来和大哥庆春敬酒，接着是武娃与新娘子敬酒。流水席的最后一道菜，是一碗醪糟汤，俗称尝汤。这道菜上来时，在当地有个约定俗成的意思，送亲的人得走了。

送完亲戚，年轻小伙子们就要正式登场了。他们会在红纸上蘸上酒，逮到新娘与武娃家族的人就往脸上抹。魏孝义抓住妻弟，先给怀瑾抹了一道，又过去给老丈人庆春抹了一脸；四海抱着新娘，元娃不慌不忙地在脸上抹着红；当然，庆来与老婆也不能幸免；最严重的是武娃，连牙齿上都抹了，牙尖上的红还在往下滴，看上去就像刚吸完血的僵尸。

热闹过后，就得自己村的人坐席了，吃完、忙完大家都先回家了。晚饭过后，这群小伙子挤进新房，戏耍武娃和新娘，叫嚷房。具体就是让新娘子给大家点根烟哪！夫妻两人同吃一个苹果啊！给新娘子穿的衣服里放几个花生，让武娃找……总之，有花样，但不能出格。嚷完房，接下来就是安房。

这次安房的人还是高月有，拿了把新扫帚，扫着满炕的红枣与核桃。

嘴里说着："双双核桃双双枣，养下的娃娃满炕跑；双双核桃双双梨，养下的娃娃会衔鼻……"说了一大堆祝福的话，安房就算结束了。

结完婚后，武娃就不出去打工了。在魏家坟开了商店，给过路的人卖吃喝。老早就过起了脱产生活，父母与媳妇则吭哧吭哧地种田。后来，凑钱装了台电话。有人打电话时，就用高音喇叭喊："xx 地方，谁谁谁，快来接电话。"

七月间的一天，正值农忙。魏家坟刘武娃商店的高音喇叭突然喊："山场下李改改，听到快来魏家坟接电话。"

李改改听到后，觉得像获奖了一样，高高兴兴地跑了一路。

武娃说："李家爸，先喝茶，我让一个半钟头打过来，喝着等。"

李改改说："好！跑了一路，刚好渴了。"说着就插上了电炉子。两人有一搭无一搭地说着今年的庄稼。忽然，"叮铃铃、叮铃铃"。

武娃拿起电话，说："喂！谁？"

电话那头应道："找山场下的李改改。"

武娃把电话给李改改，说："李家爸，拿着说。"

李改改拿起电话，如往常唤牛的声音一样大，喊道："我是改改，你是谁？"

电话里哭着说道："爸，花林让水吹走了。"

李改改瘫倒在武娃商店的地上，黄豆粒般的眼泪从眼中跳出。屋子里死一样沉寂，只有电炉子上的茶缸子"嘟嘟嘟"地响。

原来，李改改的女儿，跟丈夫乘竹筏网鱼时，失足掉入水里呛死了。这白发人送黑发人的事，居然发生了，而且发生在敬奉神灵最虔诚的牛家庄。

这两天李改改老两口一下就老了，整个人就像抽光了灵魂，只剩那不重的骨头和包骨头的皮。村人帮着碾完场，又帮着晒粮食、种麦。所有妥帖之后，时间就到了八月中秋。这团圆的日期，却成了无法团聚的日子。女儿的离世在老两口的心上下了一层雪，融不化、消不掉，成了两人永远的寒心。

尤其老婆子，没日没夜地做怪梦。总梦到女儿坐在耍秧歌的船里，四周河水蔓延，艄公用船桨吃力地划水，划着划着，女儿就看不见了。老婆子喊"女子……"喊声越来越大，把自己吓醒了，把身旁的老汉也吵醒了。这样持续了一段时间，就请水沟的阴阳（道士）驱巫除邪。

阴阳求神问卦后说："你们庄今年耍秧歌没有禁响声，得罪了龙王，必须祭庄。"还说"花林还没到死期，现在阎王不要，没地方去，就来你家了。"

李改改着急了，说："那咋样才能走，活着的时候远得不转娘家，现在死了还来得勤了。"

胡阴阳说："祭完庄，我写个拜帖烧给龙王，就把花林收到龙宫去了。"

李改改想起，今年降妖后没有一百天，武娃结婚就放炮仗了，这离牛家庄一个小时距离的胡阴阳算得真准。就开始一趟两趟地跑牛家庄，吵闹着要祭庄，明着暗着表示对武娃不守规矩的意见，仿佛女儿是武娃推下水的。

说来也怪，祭庄后，那种梦就再也没做过了。

后来，牛家庄的秧歌霸子烧了纸船子。从此，再没有人《搬船子》了。

十六

日子跟以前一样，又与之前不大一样。时间就这样平平静静地走了几年，牛家庄的铁路工人转行成了建筑工人，跟着经济的发展演绎时代下的自己。

有几天工地上没活，山神保去天水城里逛。想着听听戏，再买几本戏本子。戏园子旁边有个照相馆，随即照了张相片并寄回了家。老板能哼几句戏，便多聊了会儿。回来一合计，就打算干照相呢！三心二意地上了几天工，连工钱都没有结清，买了台照相机就回家了。

这时节油菜籽花满川黄遍，孩童折下的牡丹，把香气散落在了哭哭啼啼的声音上。山神保在镇上买了几套服饰，给村里人免费照相，来试试水。

"哎，对对对，笑一下，非常好！"

"我看看，刚才照得咋样？"

"现在还不能看，等洗出来再看。你站在菜籽地里，我给你照。"

"半蹲一下，对了，别动，好了！"

……

山神保背着照相机拍下了每一个村人，就连傻把娃都给拍了。没几天照了好几卷胶卷，便去天水城里来洗照片了。洗完照片没有赶上火车，随便找了个旅店钻了进来。

年代考究的桌子后面，坐着一个约摸六十来岁的婆娘，右眉梢有颗拇指般大小的黑痣。此时正用手撑着脑袋在打盹，迷迷糊糊的时间被山神保的脚步声规整清楚了。

老板娘问："住店啊，老乡！"

"给我找个一人间。"

"好嘞，要几楼？"

"二楼。"

"好嘞！204。"

"多少钱？"

"店钱十五块，还有两块钱的押金。"

"好！"说着顺手掏钱，误掏出了用纸包裹严实的一叠相片，迅速放进包里装好。从另外一个兜中，摸出了二十块钱给店家。

接着又说："有热水吗？"

"这会儿没有，等会儿我给你拿上去。"

"好的。"

"老乡，你哪里人？"

"我甘谷磐安的，没赶上火车。"

"你来是走亲戚吗？"

"没有，有其他事务。"

"哦！这是钥匙，上了楼梯就能看到204。"

"好！"

走乏的山神保，刚挨到枕头就睡着了。没多久，被一阵敲门声吵醒了，开门就看到老太太拿着电暖壶。说："老乡，你要的热水。"

"哎，好。"

"有什么要的就喊我，我一直在前面呢！"

"嗯，好。"

山神保关上门，喝了口热水。翻出来的照片看了看，又躺在床上睡了会儿。正要打算出门吃饭，在楼下碰到了老太太。

老太太问："老乡，出门啊！"

"嗯，吃饭去。"

"这附近也没啥好的吃食，我这正做酸饭呢，你要不吃点？"

"不了，我去外面吃。"

"哎，就多切一颗洋芋的事。"

"嗯，那好。"

老太太擀完面，炒了韭菜和青辣椒的咸菜，炝好了浆水。在锅里切了两颗土豆块，倒上了冷水。水沸后，等洋芋面了，把面条煮了进去。再沸了三次后，尝了下，面条也熟了，倒入炝好的浆水，饭好了。

老太太一人舀了一碗，拿出了油泼辣椒面，说："这是你们磐安的一个常客拿来的，很香。"

山神保放了点咸菜、油泼辣了、盐，吃了起来，边吃边说："嗯，确头香。"

没问老太太够不够，山神保连吃了三碗饭。吃完聊了些无关痛痒的话，山神保就回房了。晚上很早就关了灯，可能是白天睡太久了，月到中天，人还是很清醒。山神保就胡思乱想着，眼睛似睁非睁的。门突然开了，迅速窜进来两个粗汉子。山神保一脚踢开被子，一个鹞子翻身落地站立，唬得两人掉头就跑。

第二天一大早，山神保就去派出所。把昨晚的事情给公安说了，公安训诫了老太太，并罚了50块钱草草了事。

中午退房时，老太太为昨晚的事道歉，并说："昨晚我还不知道，没看好店门，把你吓着了。你再一次如果来天水，就住我这，给你房钱便宜些。"

山神保应道："哎，好嘞！"步行到火车站，搭上火车回家了。

回村后，山神保又试着照了很多照片。还跟婆娘说了住店的事，并吹牛说耍了一套拳，把两人吓得跪地求饶。说大话上瘾，接着又说："还两个人，就三个人也近不了我的身。"

婆娘说："再别住这个店了，换个旅社，这回你命大，下回就不一定了。"

山神保把玩着手里的照相机，说："好。这次试完就能收钱照了，到时候一张照片收个五毛、一块的。"

婆娘梳着自己的头发，脸都没转地说："哪有天爷上掉腊肉的事，人家万一不照呢？"

山神保看向老婆，说："那我翻山过岭，在曹这后南山照。我连秧歌、拳都能学好，照相这么简单肯定能行。"

婆娘放下了梳子，轻蔑地朝山神保说："我看你还是帮我踏踏实实地割菜籽，不要胡日鬼了，你看你学的拳，学的弦子、秧歌能给你饭吃吗？"

山神保低下了头，说了句："敬神的嘛，神保佑就好了。"

婆娘来劲了，吼道："那你看神把你保佑了吗？让你富贵了吗？人家年轻人都不学你那东西了，绑钢筋一天成十块钱，就你跟武娃两个懒汉不出门。"

山神保无力地说："你这个婆娘，你懂啥，我不跟你说。"

婆娘揭开门帘，就要出去，忽然转身说："明天把下护林的地耕了，我要在里面种点豆角。"

山神保回道："嗯，好。"

第二日天微亮，山神保就赶着两头牛，扛起耕子、镐头去耕地了。边走边唱《牧牛》。

天爷上下雨瓦沟来流，穿上蓑衣赶上牛。

前门赶出大结牛，后门赶出二结牛，大牛二牛一起赶出门外。

看了一对牛，长得芦花角，白日来要耕地，黑起来要拉车。

世间的凡人多，哪一个就像我。

其他人耕地用皮鞭，牲口不走就拿鞭子抽。山神保耕地与众不同，他不用鞭子。牲口不走时，他站在牲口前面，给牲口唱秧歌，颇有点"对牛弹琴"。

唱着耕着，人不累，牛也不乏。日头还没有晒展时，大虎提着一罐鸡蛋汤、两个蒸馍，来送早饭。远远就听见山神保在唱秧歌，走近果然看见站在牛前面，唱《二十唐朝》：

> 一女贤良说孟娘，二郎担山赶太阳。
>
> 三人哭活紫荆树，四马投唐小秦王。
>
> 五虎月下保太子，六霸三关杨六郎。
>
> 七个同胞来督战，八仙子弟汉张良。
>
> 九里山前活埋母，十面埋伏战霸王。
>
> 十一领兵铸官梭，十二征西杨满堂。
>
> 十三太保李重孝，十四铁鞭王彦章。
>
> 十五夜打登州过，十六扬州调状元。
>
> 十七江南范司马，十八头戴加银装。
>
> 十九长将赵子龙，二十唐朝孙悟空。
>
> 十人掐来九人算，二十唐朝全不全。

从天光微亮到日头绕上阴坡，山神保才把地耕完。回家后又捣鼓了几天照相机，这次给很多老人照了相。

"三妈，给你照张相片。"

"哎，这死娃娃，我不照，都老剩件了，照了也没用。"

"正是老了才照呢！给你当作老相，等你百年后，放在桌子后面。"

"我不照。"

"赶紧收拾一下，我给你照，给你照得好看点，磕头的人就说，哎哟，这是谁，这么好看。"

"三大呢？给他也照张。"

"放牛去了。"

"哦！那来了我再过来照。"

"姨娘，给你照张相。""阿姨，给你照张相。""大爷，给你照个相。"

相机里装满了老人，山神保又去洗相片了。临行前，大虎妈妈给山神保煮了几个鸡蛋，让带着车上吃。山神保走的时候偷偷拿出了三个，放到了案板上，说道："我走了。"

大虎妈妈回道："走就走嘛，又不是回不来了。"

洗完照片又是那个点，还是没能赶上火车。山神保神差鬼使地又住到了原来的店，把老婆临行的嘱托全部抛之脑后了。

"老板娘，住店。"

"哎，老乡，来来来。"

"这次住几楼？"

"这次换到三楼。"

"304怎么样？"

"307有人住吗？七上八下，七吉利。"

"好，可以，307的钥匙拿好，把门锁好。待会儿给你送热水。"

过了三四天，不断有老人打问大虎、二虎。

"你二大回来了吗？"

"还没呢！"

"这次咋这么久？"

就这样又过了三五天，还是没有音讯，家里人意识到出事了。就派人到处打听，还是没有音讯。这时五月的风吹着满坡满岇的菜籽花，惊起一阵采花的蜜蜂，嗡嗡如大虎妈妈的心。

幸而终于有了消息，庄儿沟大队接到了磐安火车站带来的口信。在煤车上发现一具尸体，身份信息为牛家庄高山神保，请家属速来辨认。这消息像晴天的一声雷，劈得大虎妈妈七上八下的。

大虎妈在大队干部的陪同下前去辨认。眼前这个尸体非常臃肿，眼睛半闭半开，嘴巴微张着，身体有股异味，墨绿色的苍蝇接二连三地飞上裸露的皮肤，只面容就能确定是山神保。短短几天，便隔了一个阴阳，大虎妈妈一下子就瘫软在尸体上，号啕大哭。多时未打理的头发，乱蓬蓬地罩上了面，眼泪鼻涕和在一起，惹得身边的干部也满眼含泪。有几个过路人扶着气噎喉堵的大虎妈妈，用手绢擦着眼泪与鼻涕，一只手还在后背婆娑着……

那个时候，火车速度不快，因而有很多人扒火车。被火车电死、因跳火车而死的事时有发生。派出所对这事立案调查了，但当时侦查手段落后，也不知道是个意外事件，还是起凶杀案。最后也就不了了之了。

由于死在外面，死因可疑。庄里的长者说："这种死法，不能进庄。"大虎妈妈哭着闹着，长者就是不准。无奈停尸在庄外，用床单、被面、烂衣服简单搭建了灵堂。请了水沟村的阴阳主丧，斩草、打坟半天就完了。

出了这么大的事，出门打工的男人都回来了，帮着料理山神保的丧葬事宜。山神保生前绝对是牛家庄的风云人物，最终还是变成了一抔黄土，甚至连家门都没让进。此时的牛家庄山照常青，水照例碧，菜籽花儿如常一样盛放。

前几天还拿着照相机，给老人们照遗像呢，老人们连遗像都没拿到手，山神保却先走了。生命就是这样，你不知道何时是尽头，就像你不知道来年的麦苗长势如何一样。

此事过后，牛家庄人照例打工的打工，种地的种地，放牛的放牛。除了老婆孩子、父母兄弟，没有人因为山神保的突然离世愁眉苦脸抑或垂头丧气。

一切都没有改变，一切似乎全变了。对于旁人，山神保的去世，可能只会在茶余饭后提及；而大虎家断掉了顶梁柱，这个家随时都可能坍塌。

十七

俗话说："男人是耙子，女人是匣子。"一个刨，一个装，可现在没有了耙子，这匣子该怎么装？

大虎、二虎还小，扛不起家庭重担。一大家口的衣食住行全堆上了大虎妈的肩膀。平时还好，耕地、碾场这活女人实在干不响当。

"他爸，明天能不能帮我耕点地。""他爸，明天能不能帮我碾一场。""他爸，明天……"

男人们自然没什么，能帮就帮了。乡里乡亲、邻里邻居的，搭把手，帮个忙，也是合情合理的事。大虎妈妈也很明事理，耕完地、碾完场，常常会煎几个油饼或端一碗饭。时间久了，婆娘们就不愿意了。自然而然，风言风语就多了起来。婆娘们都说大虎妈妈的克夫，你看弟兄两个都被克死了。老大是天保，老天爷都没保住；老二是山神保，山神爷也没有保住。谁与她钻在一起，指定早夭。

庄里懒婆娘的谣言，像极了三四月的柳絮，无孔不入。更有甚者传，这女的左奶下面有个痣，这颗痣就是祸根。她听相面地说过"男左女右"，你看她始终压着男人，男人的阳寿就这样压没了。婆娘们说得斩钉截铁，有年月，敢发誓。

大虎妈无可奈何，总不能脱了上衣让人检查。流言能击垮人，同样也能击出机会。大虎妈妈被逼无奈，就把孩子放在家，依靠给了阿公阿家（公公与婆婆）。独自出门谋生计去了。

"大虎，你妈呢？这几天咋不见了？"

"我妈打工去了。"

"去哪了？"

"我不知道。"

城里的日子很快，直到腊月也没有攒下钱；山里的日子很慢，一年一篝粮食、十几袋菜籽、一窖洋芋、几十梱梢子，把每天的日子安排得满满当当。

腊月来了，大虎妈也来了。一同来的还有个陌生男人，说话跟死去的花林一样。腊月间，地里没活干，男人们伐伐林、学学秧歌、打打牌，一天也很快。婆娘们坐在炕上做布鞋、编草辫，再做几顿饭，日子慢也闲。当然，也聊一些东家长西家短的事，少不了说到大虎妈。

"咦，那嫁汉婆娘，坟头上的土还没干呢，又带了个男人。"

"在外面就靠嫁汉（卖淫）赚钱呢！"

"把庄来男人的光阴倒腾光了，跑到外面倒腾去了。"

"脸就像跟面柜钻出来一样，嘴唇抹得跟吸过血一般。"

"看到男人就像饿狼遇到食了，饥渴死了。"

"跟那尿盆的金鱼一样，骚得跳了。"

"那嫁汉婆娘……"

闲话婆娘们七嘴八舌地说着。

在农村婆娘的唾沫星子中，腊月夹着尾巴离开了。山神保的去世，影响最大的就是牛家庄的秧歌。《断桥》《游龟山》《卖水》《牧牛》《十里亭》《花亭相会》，这几个大曲儿都不能唱了。秧歌也是从这个时候开始不能出庄了。

这年刚好孝义神头，山神保去世了，找不到秧歌霸子。孝义找到了金有。

"三大，干粮吃了没？"

"吃过了，进来喝茶。"

"能行。三大，今年我神头。"

"哦，山神保殁了。"

"是呢！没人操心秧歌了。我想着你给我帮一下忙,操心一下秧歌。"

"唉，我这一把老骨头了，你大这些早就退下了。"

"你不帮忙，就真没人弄了。"

"能行。"

秧歌是耍了起来，可台柱子倒了，再也不能出庄了。怀瑾学了山神保在《游龟山》《牧牛》《卖水》中的唱段，勉强凑个人数。秧歌没有了之前的热闹，夜晚的牛家庄却不冷清。一家人守着一台电视机，比看秧歌还过瘾。男人们也没有学秧歌的热情了，孩子们更没有了。

孩子们有了寒假作业，一天忙得不可开交。婆娘们依旧清闲，男人们由之前的秧歌哼成流行歌曲，再也不讨论哪家秧歌好了，大多谈论的是去哪个工程队的事。

这时牛家庄的秧歌如日子一样，不好不坏地过着。

兰州市里虽然灯红酒绿的，但做的事终究不能大张旗鼓。所以过完年，大虎妈想着让男人踏实种地，把娃娃拉扯大。结果男人不是拿镐头的料，也吆不动牛。为此，两人吵了起来。

男人说："你们这穷山僻地的，种不出黄金。"

大虎妈哭着说："我投胎的时候没能力，没抢上你那里，能种黄金的地方。"

男人回道："好好好，不说了。"

大虎妈不依不饶地说："我把眼瞎了，被你胡日鬼的骗了，还不如和庄来的把娃过呢。"

男人说："把娃那傻子能比我强？"

大虎妈回道："人家把娃就是比你强，没用的东西。"

男人气急了，说："那你为啥早不找把娃？"

女人哭了起来："我命苦着，两个好男人都死了，又遇到这个二杆子。"

等她收住了眼泪，男人才怯生生地说："你们这儿的地太陡了，走起来都怕，我真的不会耕。我老家有人在新疆种棉花，那地平展展的，全是机器耕种，方便还省力。我打听一下，咱们要不去新疆种棉花。"

"我不去，再说大虎二大还没过三年呢！"

"那也无妨，咱俩先过去打工，顺便看看情况，好的话就连娃一同带过去。"

"好，也行。在家你也种不了地，只能给人惹一肚子的气。"

二月间想好的事，三月初的时候两人就进疆了。就这样在新疆打了两年工，手头攒了点钱。第三年的三月间，大虎妈把所有的家产变卖了。从此，一家人离开了生养十多年却没有一点感情的庄子，去到了土地平展展、机械化的新疆了。

生活总是这样，会有很多条路，好不容易走到尽头，结果路的尽头还有很多路。去到新疆生活会好吗？会。随着大虎、二虎的长大，日子一定会好起来。

自从大虎妈妈带着孩子离开了牛家庄，牛家庄的这头"牛"的右眼就瞎了。

十八

渐渐地父母都上了年纪，建筑工人不能像之前一样，整年外出打工了。五月到八月，得回家，割菜籽、割麦、碾场、种菜籽、种麦。不知什么时候，他们比之前活得累了，婆娘们也不清闲了，嚼舌根的话也少了。婆娘也外出打工了，大家的钱越挣越多，也越攒越少了！

大家谈论的再也不是工程队了，大家开始谈论孩子的学习了。

四海几年手头没有结余，婆娘为这事没少抱怨。八月初七这天，四海收拾好行装，正要打算去工程队。婆娘又开始嘀咕，四海气不打一处来，把喝茶炉子、缸子、杯子全部扔了。

"不喝他大的这了，大早上的，燥死了。"

"你给谁摔东西呢？挣不来钱还不让人说了。"

"我挣不来，那你去挣啊！"

"你一个大男人，说这样的话，丢人不丢人！"

"我在外面苦死苦活的，回家还要受气呢！"

"那你自己挣不上钱，还不让我说啊！"

"我没挣上钱，没挣上钱你这几年吃的、喝的，都是谁的？"

"丢死人了，就这吃喝，还有脸拿出来说。"

"瞎屎日出的你，吃不成还是喝不好，把你饿了还是渴了？"

"你才是瞎屎日出的，没一点屎本事，脾气还大得很，以为我不会摔东西吗？"婆娘骂着，把电视抱起扔到院里，居然没碎，滚了一圈又立好了。

"我把你董家坪的叫驴日出的，你摔我电视干什么！"

"把你短寿的，怎么把两个好的死了，留下个这。"女人边骂边扑到四海跟前，抓了几把脸。

"你滚，这是我高家，不是你董家。"

婆娘刚要转身走，进来劝架的人拦住了。婆娘哭诉说："你们看三短寿，活不老的这，让我滚。"

四海坐在椅子上，一言不发。

来人劝说："瓜娃娃，再不敢这样骂了啊，你让四海大听到起心病了，已经两个儿子那样了。"

婆娘还是在哭诉："我就抱怨没挣到钱，就给我高声大嗓、摔东摔西的。"

"别哭了，待会儿我骂四海，那死孩子。"

……

四海就没出去，想着婆娘气消了再去。结果没过几天，老婆找不着了，留下了四海和七岁的娃。这样一来，四海更不能打工了。

生 顿，熟一顿，四海就这样与娃对付了半年。这半年，回家没有热饭热炕，冰锅冷灶的，四海终于感受到了孤独与无助，很希望老婆气消云散，一家团圆。隔三差五，他就去丈人家打听消息，却始终没有打听到消息。

四海把秋天等成了冬天，把日头等成了月亮，还是没能等到团圆。腊月的一天，四海牵着娃，和往常一样，拿着礼当去到了丈人家。

"姨父，锯柴呢？"

"锯点给铁炉子烧的柴。"

"虎虎，把东西拿进去，我给你外爷锯。"

"你别管，先进去喝茶。"

"先锯柴。"说着从丈人手里夺过了锯，拉了起来。

丈人把锯好的柴，一抱一抱地抱进了柴房，没多和四海交流。

锯完柴，两人进去喝茶了。这时四海开口问："姨父，最近有消息吗？"

"唉，事情恐怕要坏了。"

"嗯，怎么了？"

"前几天带话来了，不想跟你过了。"

四海听后头里"嗡"的一声响，听不进去任何声音了。在他们牛家庄还没有听过这样的事，孩子都这么大了，老婆不来了。四海再没等中午饭，带着娃离开丈人家。

夫妻就像两扇门，合起来才暖和。人总是后知后觉，在身旁的时候不知珍惜，失去后又悔不当初。家庭的变故，让四海的精气神大打折扣。平时不出门了，躲在炕上，失魂落魄的。孝义、元娃时不时去找四海，想让他先放一放伤心事，可成效不大。

孝义从小跟四海好，两人成了没有血缘的亲兄弟。马上到年三十了，孝义来四海家串门，问四海："年货买齐了没？"

"唉……没怎么买，买下也没人做。"

"总给娃要买点。"

"唉……给虎虎买了炮仗。"

"你现在什么打算呢？"

"唉……什么打算，没打算。"

"你不能一直这样啊，总得给娃娃手里看嘛。"

四海掉下了眼泪，半晌才说："唉……我糊涂啊！"

孝义拍了拍孩子，说："虎虎，到我家找鹏飞耍子去。"

两人又是一顿沉默，孝义拿来茶缸子，给两人煮起了茶，各倒了一杯后，说："总要往前看，想办法把虎虎拉扯大。"

四海说："唉……我现在心上跟麻一样乱，理不顺了。"

孝义拿起茶，喝了一口，又倒了一杯，说："曹现在娶是很难了，你想没想过进门？"

四海喝了一口茶，说："唉……想是想过，就怕对虎虎娃不好呢！"

孝义说："那总比你给娃生一顿熟一顿的好，起码你俩能吃熟饭，有热炕吧！"

"唉……话是这样说，可人家一打听，跟婆娘吵架散的，谁还敢要曹。"

"大家给你打听，只要你能成。"

"唉……这半年冰锅冷灶的，我是够了，窝里还是有个婆娘好。"

"高高兴兴地把年先过完，大家给你打听。"

"唉……就曹两个着，我就直说了嘛，怎么高兴呢？"

"过年嘛，就别想那些了。黄桂英父亲把李彦贵家差点赶尽杀绝，两人不还是结了婚嘛。"

"唉……那是戏本子上的，跟曹的这不一样。"

"戏本子上才是真事呢！想开点。"

"好！"

"你没煎油饼吧！待会儿让虎虎拿几个，你俩就够了。"

"我三哥打发娃娃给我拿了几个。"

"哦哦，鹏飞他妈这次煎的油饼很酥，拿几个你尝尝。"

"行。"

"你这两天有婆娘家做的啥没有？有的话让虎虎过来说一声，让鹏飞他妈帮着做一些。"

"现没，有了我叫。"

"能成，我要饮牛去了。"

"好，我也给牛添点草。"

走亲访友的多了起来，正月的热闹来了。虎虎跟着鹏飞们，跟往年一样。四海连出门都很少，除了听到饮牛、添草的喊牛声，基本再听不到别的言语。

秧歌没有因为山神保的去世缓下来，也就不会因为四海老婆的离家而停下来。秧歌照常要着，四海不来秧歌场上了，只能唱一些小曲儿，大曲儿拿着本子现学现唱。

多金对孝义说："唉……这秧歌是真完了，没人要了。"

孝义说："现在人都搞经济，没人在意秧歌了。"

"可惜了之前学的那么多好曲儿，我现在是真老了，唱不出来了。"

"电视剧比秧歌欢，没人学秧歌了。"

"前几天，我给鹏飞、虎虎几个教，到底是学不会。"

"娃娃们一天没操心那些，人家操心的是老师教的。"

"四海弟兄两个，把曹庄来的秧歌冷完结了。"

"十分大注定，半点不由人。这有啥治呢！"

"现在的这些娃娃古怪的，连拳、引狮子都没人学了。"

……

四海把娃留在了三满家，出门打工去了。五月间，四海也回家了，想着给三哥帮忙干一些农活。

三满地本来就不多，弟兄两个很快就舞弄完了。四海也不想在家闲待着，就跑到武家河赶麦场去了。有男人的不雇人，雇人的要么没男人，要么男人有公干呢！四海刚好在　个寡妇家割麦，从麦黄六月割到八月落霜。一个需要男人做粗活，一个需要女人做细活。两人心照不宣地男耕女织了起来，后来虎虎也来了，四海就算是正式把自己"嫁"给了寡妇。

山神保与四海两兄弟住在村北头，两户隔了一条小河，现在两家都搬离了牛家庄。夜深下来，灯亮起来，这两户黑乎乎的。这个瞎了一只眼的"牛"，现在胃也瘪下去了，再也不能像之前那样健硕了。

十九

由于上一个婆娘的离家出走，四海很珍惜这份姻缘。上孝下慈，平时很重视人情世故，在武家河过得很不错。早起给婆娘倒尿盆，傍晚下地回来还帮忙刷锅洗碗。偶有不下地的时候，也不睡懒觉，烧好茶再叫老婆起床。武家河人都骂四海的先一个婆娘，说那个婆娘瞎了眼，这样的男人打着灯笼也很难找见。

在那边日子多了，也渐渐和庄里人熟络了起来。当然，他也没有忘记来时的路，时不时来牛家庄看看老人，访访一起长大的伙伴。

四海从阳圪梁上来时，碰到了赶牛回家的钱来。

"二哥，耕地去了吗？"

"放牛，地前几日就耕完了。"

"外头没去吗？"

"我这样的人，挣啥钱呢，没人花嘛。"

"那你就这样一直在老四跟前吗？"

"再没办法嘛！现在又娶不上了。"

"那你没有想过走我的路吗？"

"唉……"

"你现在年轻，能帮忙，老了怎么办呢？那时老四也不当家了，万一娃娃们对你不好呢？"

"我不是没有想过，唉……"

"你有守的啥呀，就那两间破瓦房吗？"

说着说着就到村口了，钱来问："那边这几天闲了吗？"

"刚舞弄完田货，我看一趟老人就要打工去了。"

"去哪呢？"

"就去曹庄来人一搭。"

"能行，老四前几日刚出去。"

"不知道嘛，知道就一搭走了。"

"走，屋里喝茶去。"

"不了，我一会儿就要走了。"

四海离开牛家庄时，唱着流行歌曲《望故乡》：

越靠近故乡心情越凄凉

回家的念头从不敢奢望

故乡的景色 故乡的爹娘

我爱你们一如往常

一颗心在风中摇摇晃晃

多少年不曾停止流浪

是什么让我有了回家的渴望

我望故乡泪眼汪汪

不几日，四海就到了兰州的工地。这时他们不大谈秧歌与从前，常说的是孩子的学习与手头的票子。

这天下工后，银来没有谈孩子与票子，问四海："你在武家河咋样？"

"挺好，跟曹这面一样。"

"哦哦，我二哥想去枣红峪呢！"

"让去吧！上次我还给二哥说这事呢！"

钱来住在庄中央，现在也把自己"嫁"出去了。牛家庄这头牛，似是少了一掌肺叶，呼吸越来越粗了。

不管走的是谁，牛家庄的腊月还是如约而至。走外头的人也回家了，婆娘娃娃热炕头，生活美满幸福。日子就这样推着，到了正月里接先人、送先人、走亲戚，还是如往常一样。走完亲戚就要耍秧歌了，虽然此时的秧歌业已"瘫痪"，但谁也不敢说不耍。

秧歌还是跟去年一样，大曲儿唱不了，只能来小曲儿。元娃、茂林、怀瑾、孝义四人商量着把秧歌重新排一下，能稍微像点秧歌。这样一来，元娃、茂林、怀瑾三人唱《卖水》《牧牛》两个大曲儿，孝义领上一些娃娃们把之前的小曲儿捡了起来。

也是这一年，收到了董家坪的邀请，牛家庄的秧歌要去二殿爷庙里烧香去。四海和钱来虽然离开了牛家庄，但这是大家的事，义不容辞，两人也来了。正月十五日排练了一天，晚上就出发去董家坪了。

这天来了好几家秧歌，人挤着人，但远比不上多年前的热闹。这天晚上最热闹的就是放烟火，也没有出彩的人或者曲儿。在庙里烧完香，就去到秧歌窝子耍了。

好巧不巧，这里的秧歌窝子就设在四海的前丈人家。四海倒是心平气和，可一起长大的玩伴不行，非得出口气。

孝义拉着怀瑾与四海，说："《周文送女》记得吗？"

怀瑾说："记得呢！"

"今晚四海跟你换一下，你装旦，四海装女婿。"孝义坏坏地说道。

不一会儿，三个人就扮好了。

只见孝义一身老汉打扮，怀瑾旦的身段。边走边对唱：

父（周文）唱：

老周文在客厅将衣换起，头戴上圆毡帽身穿上禄衣。

女（周兰英）唱：

将一根白绫子腰中紧系，周兰英扭回头掩闭了柴门。

父唱：

大街上人笑人太得无理，羞得我老周文无处站立。

女唱：

大街上人笑人太得厌气，羞得我周兰英无有面皮。

父唱：

桌面上留下了小书一封，拆不开解不透是何情由。

女唱：

老爹爹你今天领儿回去，但不知余郎夫他依着不依。

父唱：

我女儿莫担心随父回去，余郎夫不收留父我还不依。

女唱：

正行间来在了于家门口，老爹爹你退后儿唤柴门。

这时，四海一身生的打扮登场，开言唱道：

余庆书休了妻家中打坐，耳听的柴门外言多语多。

开开门原来是年尊来到，见贼人气得我脸如火烧。

接着便是一段对白：

生（余宽）白：这是年尊，将你女儿不留在女家刀锅水洗，引在我家有的何事？

周白：这是门婿门婿，此地不是讲话之地，进门讲话方好？

生白：一定要进？

周白：一定要进。

生白：请！

周白：请！

做进门的姿势，接着唱了起来：

周：我老汉进门来打上一恭，进门来我把门婿问。

生意多茂盛何时转回程，昨日里你的妻回家门。

怀儿里掏出了小书一封，未曾入孔门目不识丁，有什么话儿当面你就问。

老汉唱完，生脸色一变。

余白：你的女儿爱的是青春少年，你引她回去。

周白：咦！原来是休书！

老汉转身看向女儿，唱：

父：

我老汉进门来落了个大大的无趣，倒羞得我老汉无处占理，无奈了我老汉推门出去。

女：

拉住了老爹爹细问明白，我叫一声老爹爹不明白的老爹爹。

常言说好话不出门，坏事千里行，活着余家人，死了周家鬼。

糊涂的高堂父，我的老爹爹。

父：

叫女儿你莫哭啼且立站起，听为父把当年细对儿提。

你的娘生下你刚刚七岁，有为父抓养儿一十六七。

你的娘生下你聪明伶俐，才许给余庆书足下为妻。

引过门你夫妻真当和气，谁料想半路里起了是非。

戏文后半部，主要以对白为主，抄录如下：

周白：这是儿啊，你上前去与你那丈夫好语多说，收留了我儿，父我好早早还家。

女唱：

老爹爹休涨气暂且坐下，叫你儿把言语细说心间。

上前去与丈夫好语多说，收留我，老爹爹你好还家。

周白：哎！去吧

女唱：

走上前把余郎一声叫喘，听你妻把言语细说端详。

你言说奔西宁前去贩马，你言说三个月才能还家。

夫走后天不幸阴雨过大，谁料想六个月才能还家。

咱的家门又高户又大，哪有个外姓人敢出咱家。

夫走后并无有闲言语，如不然问四邻再问小娃。

余唱：

自幼儿贩马江湖走，三江口遇见了好朋友。

咱二人在船窗好乐饮酒，一阵阵喝得他满脸汗流。

打开衣衫解开纽扣，珍珠汗衫藏里头。

那个人与我夸海口，他言说此物亲人留。

如有了珍珠衫夫妻相认，无有了珍珠衫快离我门。

女白：我当是为着何物，原来是为了珍珠衫，在呢！

余白：拿来。

女白：莫忙。

余白：你与我拿来。

女白：莫忙。

女唱：

猛想起八月间中秋到，王媒婆将贼人引上楼来。

盗去了珍珠衫杳无音信，害得我好夫妻不能相逢。

无奈了走上前将夫哄，无奈了咱家里出了贼人。

余白：莫非扭坏了门锁。

女白：无有。

余白：挖了个地洞。

女白：无有。

余白：天上掉下的。

女白：无有。

余白：地上生下的。

女白：无有。

余白：这是贼人，你手上戴的玉镯是本丈夫与你打下的，还是你娘家给你陪房下的。

女白：这……

余白：贼人。

女白：爹爹转来，这是儿啊。

周白：人家把我儿收留下了。

女白：人家不但没有收留，还将你儿打起来了。

周白：哎！蠢材，你怕人家打你就不怕为父我打你吗？

女白：你打。

周白：哎！早死的老伴。

女白：早死的娘啊

女唱：

我二次见余郎心生胆怕，细思想有我父也不怕他。

走上前把余郎一声叫喘，听为妻把言语细说心间。

曾不记咱夫妻月下盟誓，你言说你做官奴是夫人。

曾不记咱夫妻同床共枕，曾不记咱夫妻鱼水交情。

女白：这是爹爹，你打个转儿嘛。

周白：哦，我老汉打个转转。

女白：你在门口再打个转儿嘛。

周白：我老汉真正的糊涂了。

女唱：

尽管说尽管讲尽管骂，难道说周家女无有娘家？

这支曲儿好看、热闹，但寓意不佳。讲的是东阳县武举余宽外出贩马，其妻周兰英受骗失身，并丢失了定亲之物——珍珠衫。余宽归途中知道了此事，写书休妻。岳父周文不了解内情，送女还家，余宽认为其妻不守妇道，不顾岳父和妻子的哀求，毅然将妻逐出门外。

四海前岳父听出来其中的门道，让老婆给这三人准备饭食。在三人唱的同时，吩咐包几个包子，让三人喝茶。自己跑去牛棚里，找了一把铡好的草，让老婆包进去。

三人刚唱完，就看到了热气腾腾的包子。心里想这么做是不是过分了，人家还做了包子犒劳他们。孝义咬了一口，发觉里面有草，就借故上厕所出去了。怀瑾与四海也嗅到了空气中弥散的紧张，也偷偷溜出去了。也没有等秧歌，三人就提前回来了。

牛家庄的秧歌就这样苟延残喘着，庄子也粗重地呼吸着，人一年比一年忙碌着。

二十

随着房地产行业的异军突起，牛家庄诞生了一批钢筋工。叮当叮当地敲着自己的日子，努力打开幸福。日子一天比一天红火起来，黑白电视换成了彩电，铁炉子换成了烤箱。牛家庄的冬天不冷了，夏天不热了。

庄里人看到搞建筑能致富。十几岁辍学的，六十岁无事的，各个年龄层的人都加入了这个工种。当然也没有培养工人的体系，都是随来随上，很难保证房屋质量。修好裂缝的、中途坍塌的、掉钢筋头子的、绑好的柱子倒了的……工程事故一个接着一个。

当然，这样的噩耗也没能放过牛家庄善良的人。

这天，大家都像往常一样上工。突然，就听到了喊叫声。大家都知道发生了事故，对这种事早已是见惯不怪了。当孝义听到元娃的叫声时，就明了了。围过去就看到，怀瑾折坐在架杆上，一根钢筋从头部戳入，通过口插在了地上。有人喊来了工具切割钢筋，孝义赶紧跑着喊门房打120。所有人都急得打转，元娃与孝义无力与无助地哭着，两人握紧怀瑾的手，那一刻谁也不愿放开。

四海找了木板，大家七手八脚地把怀瑾抬到了门口。120到了，在护士的帮助下把怀瑾抬了上去。孝义跟车，其他人打车去了医院。

孝义看着大夫冷静的脸上，想寻求答案。大夫没有任何言语，孝义双手握着怀瑾的手，想着上工前说的话，怎么才一眨眼工夫就……随即泪如泉涌。突然车颠了一下，怀瑾的手松了。孝义哭出声了，哭喊着："大夫，救一下。大夫，大夫，大夫……"

在医院取出了钢筋，缝好了伤口，租了冰棺。几人就商量着要给家里报丧了。

四海说："孝义，这事怎么跟你妹妹说啊！"

"唉……"

大家看孝义一团乱麻，也不再问了。

元娃说："人已经走了，曹得问一下老板赔多少钱？"

银来说："人拉下去再要吧！在这停一天得要一天的钱。"

四海说："不能拉下去，拉下去就给得少了，曹能多要一分是一分。"

几人口头商量好，就伙同其他工人去找老板了。老板说只给六万，几人要了十万，协商未果。耗了几天，老板还是没让步。

这天夜里，孝义突然起来，拿着榔头就冲进了老板的办公室。等其他人赶到时，已经砸得七零八碎了。在众人的拦阻下，孝义才住手。刚要回去，派出所的人赶到了。查清情况，依法应拘留孝义，考虑到孝义得送灵回去，就罚了钱。也是在派出所的帮助下，老板也做了让步，最终给了八万四千块钱。

最后大家打发元娃先回去，跟怀瑾四大商量如何料理后事。元娃先去了滩子来，到学校找到了怀瑾四大。

刘老师远远看见就问："这么早就从外头来了？"

元娃说："刘老师，我来找你商量点事。"

刘老师脸色一下变忧郁了，问："怎么了？"

"怀瑾在工地上出事了。"

半晌过后，刘老师才回："什么时候的事？"

"不到一星期。"

"跟其他人说了吗？"

"我还没去屋来，都没说。"

"我给高老师安排一下学生娃的事，曹两个过去。"

"曹怎么说呢？"

"我大哥早早离世了，只能先去找怀义，跟怀义商量一下。再让怀义看情况给我嫂子说。你回家让娃找一下多金，就说孝义从工地上带了东西，再趁机告诉他实情。"

"好，那……"

"我去说。"

刘老师从怀义家出来，就径直去了怀瑾家。看到炕上爬着三个娃，大女儿、二女儿和小儿子，小儿子一岁左右。

"四姨父，你来了啊，先喝茶，我做饭去！"

"我有点事务。"

"吃完饭再去办事务。"

"是找你说个事务。"

"先不急，四姨夫，你走过来应该也累了，我先做饭。"

两人正说着，小儿子忽然喊："爸爸，爸爸……"

刘老师挂不住了，眼角泛泪。世间最悲苦的事莫过于关于你的好消息，无法说给最在乎的人听。这可是儿子叫出的"爸爸"，为了这声"爸爸"，怀瑾等了近四百多个日子，终究是错过了。

"四姨夫，怎么了？"

"怀瑾……"

怀瑾媳妇手中的盆和整个人向后堆坐在地上，眼泪哗哗地流，嗓子眼里没有声音。刘老师把侄子媳妇扶起来，她半晌才大哭出声，吓得炕上的娃们跟着妈妈一起哭。

怀瑾媳妇根本听不到刘老师的劝，哭着说："懒娃前天会叫爸爸了，你听到了吗？"

"别哭了，你得注意身体，还要照顾这一炕的娃呢！"

看着娃，婆娘哭得声更大了，气噎喉堵，艰难地抽着气。过了好久，才平静下来，刘老师安顿了一些事，就从这死寂的空气中抽身出来了。

怀瑾在庄子里人情世故很好，况且半庄子全是亲戚。因此大家一听这事，整个牛家庄天悲地哭，笼罩在一片伤心之下。

接着，刘老师来到老大怀义家，商量丧事。

怀义问："四大，灵堂设哪呢？"

"就设家里。"

"上一次山神保没进庄，大家……"

"落叶归根，殁了连家都不让进。往屋来搬灵，我看谁敢拦。"刘老师掷地有声地说。

灵车进庄时，全村人哭声一片，牛家庄这头"牛"落泪了。再不舍得却已阴阳相隔。在所有人的悲痛声里，三十岁的怀瑾变成了一抔黄土。

所有的不舍全变成了悲痛，时不时就能听到妇人的哭声。这种悲痛氤氲在牛家庄的每一缕空气中，盖满了走过牛家庄的每一个时间。

孤儿寡母，终究不行。虽然与父母、哥哥同在一个村，但自己的活也五把半，都无能为力。正月间，别人家团团圆圆，这孤儿寡母清冷无比。大年初三，送完了先人，娘儿们几个抱在一起，哭了很久。

二十一

三皇五帝去世了，时间都没有停，何况怀瑾。时间照常走到了耍秧歌的日子。秧歌还是起来了，但一个像样的大曲儿都不能唱了。只能一天晚点开始，早点结束，唱几个小曲儿占占时间。

多金对着孝义说："你看怀瑾多重要的一个人，山神爷不保佑，现在连秧歌都没人耍了。"

"山神爷，秧歌，唉……"

"我看现在的年轻人什么都不会，就学会了耍死狗。再过几年，连《上香》都没人唱了。"

"你不要操心这，到人家手里再说嘛！一辈人有一辈人的活法。"

"唉……可惜怀瑾了，可惜我学的秧歌了。"

第二天晚上，多金坚持要上场，最后鹏飞扶着唱了《福禄寿》：

喜酒攀桃园，邀嬉上中八仙。

邀嬉上王婵老祖长眉大仙，邀嬉上刘海喜撒金钱。

金钱撒在酒席前，八宝聚了全，连中三元。

一朵红云布满天，手拿金箍银蛋蛋，孙子长大仙。

八仙过海来请寿，王母娘娘来攀桃，身坐在金銮殿。

一个福字十四回，提起福字人人爱，天官爷赐福来。

一个禄字十四回，提起禄字人人爱，家官爷敬禄来。

一个寿字十四回，提起寿字人人爱，寿活上一百岁。

福禄寿儿三个字，一共四十零二回，送一个老熊来。

呼呵二神仙，童二站两边，邀嬉上刘海到江边，步步撒金钱。

金钱撒在酒席面，一家子富汉做高官，富贵上万万年。

哎呀个这才是，那才是福禄寿的金字牌匾挂在门前。

日子就这样紧赶慢赶地推着，一晃怀瑾的小儿子到了上学的年纪。孝义妹妹的日子越来越紧巴了。那时的农村没有惊天动地的爱情，她们一生就是一次嫁鸡随鸡、嫁狗随狗的认真，鸡飞了，狗跑了，日子也就盼头少了。

又是一年正月，牛家庄的驻村干部找到了孝义。

"孝义，我村里有一个光棍，婆娘害病殁了，家道儿好着呢！你看……"

"我不管，你问当事人。都嫁出去这么久了。只要情况好，我能行，到哪都是推日子嘛！"

"那能行，我找时间问问。"

"我亲妹子，只要日子能推好，我斜顺（反正）都行。"

二月的时候，孝义就打工去了。没多久，妹妹打电话，问："哥哥，王书记给我说了一个人。"

"正月的时候就问过我，我说只要日子能推好，我没意见。"

"阿大、阿妈也没啥意见。"

"哦，我在工地上找人打听了，人好着呢！"

"主要是那家人也有娃娃呢！后妈不好当，怕人说闲话。"

"这都是闲的，孩子过几年就长大了。"

孝义妹妹带着娃离开了庄子，牛家庄这头"牛"的另一只眼睛也不亮了，这头"牛"彻底瞎了。

也是这个正月，大虎、二虎回庄子了。两人肥头大耳的，一看就知道在新疆日子过红火了。后来就有几户跟着搬去了新疆，这头"牛"躺在黑暗里，最后把自己睡得千疮百孔。

与村子一样千疮百孔的还有孝义三大金有，无妻无子，越老越孤独。现在衣食住行都是问题，好在国家的"五保"政策，还能维持日常生活。

端午节前一集，金有去赶集。路上碰到了梁上的熟人，两人一路上来聊了很多。聊到最多的，是过几年走不动了，日子就真正不好过了。说者无意，听者有心。

金有一想，自己这无儿无女的，要是哪天瘫在床上，喝口水都是问题。金有想到了没有秧歌的漫长岁月，想到自己的冰锅冷灶，想到了……

一个人的时候更容易看清时间，也更容易看透生命。金有把墙上挂的二胡拿了下来，拉起了《牧牛》《卖水》，如同拉响了今天之后的孤独。

端午节过后没几天，金有就服毒了。喝了两瓶百草枯，等人听到动静时，已经救不回来了。

这时几个年长的人，三下五除二卸下了金有的门扇，放在了后墙的桌子底下，下面支了几块砖。接着便把金有的尸体放了上去，在上面盖了一张白纸。然后，在尸体的旁侧放了一个碗，碗中倒了清油，并把棉花搓的灯芯放在了里面，点燃后就不能熄灭了。

地上放了麦秸秆，上面坐着金有的侄女和侄孙子们，当做孝子。请了董家坪的阴阳主丧，阴阳来了推算出下葬的日子是三天后，给几个门上写了白纸对联，在停尸的主屋做了灵堂。

大家就开始等日子，当然这几天在晚饭后烧夜纸，在天亮时分烧天明纸。按习俗，烧夜纸与天明纸时，孝子得哭，大家实在哭不出来，这眼泪便节约下来了。这几天晚上，得坐夜。简单说，就是在灵堂坐一宿。闲坐着确实坐不住，于是大家就打打麻将、扑克，就这么熬几个晚上。

金有的丧事，孝义办得很阔气。想着活着的时候孤苦伶仃的，死后让他风风光光一把。为了给孝义帮忙，元娃主动做起了经理人，给人安排一些活。比如：打坟、接亲戚、放炮仗、抬纸火……

这边土基本都是沙土，打完坟还得用砖砌，另还需要木头棚在上面。

通常要一两天才能打完，打坟的人饭点得在坟地里吃饭。当然需要人把饭送到坟地里，送饭的人不能说话，到坟地里放下便走，碗筷、剩菜都不准拿回来。

订做了五杆台纸，纸火装了满满一车，花圈二三十个，纸钱什么的更是不计其数。在寿衣店里买了最好的寿衣，棺木更是用了上等的材料，上面还请磐安镇有名的画师画了仙鹤。另外，专门请了写毛笔字的人，把《高山挂红灯》的一段唱词抄录在棺材上：

> 高山挂红灯，这是一家老财东。
>
> 门楼子修成三穿庭，张口兽拿五把鬃。
>
> 进得一门往上看，一对狮娃儿面对面；
>
> 进得二门往上看，一对旗杆端上端；
>
> 进得三门往上看，金字白匾门中悬；
>
> 进得四门四下看，四面子抱厦檐磕檐。
>
> 前后院来斜砖漫，斜砖漫地砖箍墙。
>
> 前院来修上都督府，后院来修上抱厦庭。
>
> 都督府上三支箭，养下的儿娃子中状元。
>
> 抱厦庭上三支箭，养下的女娃子耍正宫。

下葬的前一天便是开吊的日子，亲戚朋友便拿着被面、被子、花圈、纸钱……来祭奠。孝义充当孝子跪在灵堂旁边，面朝着门口。只要有人来祭奠，便向对方磕头还礼。

白天主要就是接待亲戚。晚上便用酒擦拭完尸体，然后换好寿衣，戴上寿帽。交过子时，主丧的阴阳就要殓棺，也就是把尸体放在棺木里。当然，尸体装进去后，阴阳嘴里念念有词，用谷穗蘸着碗里的水，挑洒在院子的角角落落，这个叫出殃。出殃时，门窗紧闭，院子里除了阴阳不能有其他人。听说，这出殃的水，碰上树树死，碰到崖崖落，碰到人简直不敢想。

天亮了，照例烧天明纸。等大家都来齐了，元娃开始逐一安排。安排人早点开始转移抬纸、纸火，把铁锹等放到坟旁边。路也得提前修好，还安排了几个妇女扶孝子……

时辰到了，阴阳又开始用谷穗挑洒水。棺材从房子里抬出来，又放到了院子里的。把灵堂撤了，接着拿到院中央烧了，同一时间炮仗不间断地响。在阴阳的指导下，绑绳子，抬棺出门了。

到了坟园，大家小心翼翼地把棺材放了进去，用罗盘微调了方位。看了下时间，还有结余，大家有的没的聊了起来，时不时发出一阵爽朗的笑声。

阴阳说："可以埋土了。"

大家迅速铲土，没多久，金有就由人间住到了地下。接着又用橡在坟的左边刮了三下土，又在右边刮了三下土，就开始烧抬纸、纸火了。

人们在烧家当的时候发现了一把弦子和几个秧歌本。弦子黝黑发亮，秧歌本子里不光记着秧歌，还有一些人员安排，孝义翻开的时候头脑中闪现了很多过去的事，但最后还是将这些跟那堆纸火一起烧了。

知道金有怕孤独，孝义还特意买了一台小型录音机。入土后，把录音机放在坟旁边，里面放着金有最喜欢的秧歌。

当然，这个葬礼没有人哭，大家都没有太多的伤心，好像这种结果也是最好的安排。大家欢欢喜喜地埋了金有，就像时间不紧不慢地葬了秧歌一样，大家觉着这也是最好的安排

傍晚时分，录音机里传来了怀瑾唱《牧牛》的声音：

天爷上什么罗树儿什么人栽，地上的黄河什么人开，什么人霸定三关口，什么人出家永不回来？

天爷上的罗树儿王母娘娘栽，地上的黄河老龙王爷开，杨六郎霸定三关口，韩湘子出家永不回头。

天下黄河几道弯，弯弯曲曲几只船，栽下几棵仙桃树，几棵苦来几棵甜？

天下黄河九道弯，弯弯曲曲九只船，栽下九棵仙桃树，四棵苦来五棵甜。

天下黄河几道沟，几道沟来出铁牛，什么人放来什么人收，什么人挽的铁轮头？

天下黄河九道沟，九道沟来出铁牛，山神爷放来土地爷收，老君爷

挽得铁轮头。

什么上来照九州，什么人欢喜什么人愁，什么人喝了三杯酒，什么人关在门外头？

太阳上来照九州，新女婿欢喜新娘子愁，送亲人喝了三杯酒，新房人关在门外头。

什么有腿不会走，什么无腿下四川，什么有口不会喘，什么无口会骗人言？

板凳有腿不会走，扁担无腿下四川，油瓶有口不会喘，三弦子无口会骗人言。

什么开花滴溜溜吊，什么开花吊地头，什么开花人不得见，什么开花在路边？

药葫芦开花滴溜溜吊，茄子开花吊地头，苍耳开花人不得见，马莲开花在路边。

什么又穿青来又戴白，什么穿上一青墨，什么穿上十样景，什么穿上绿豆色？

喜鹊又穿青来又戴白，乌鸦穿上一青墨，锦鸡穿上十样景，鹦鹉穿上绿豆色。

什么又无尾巴又无毛，身穿一件黄道袍，它虽然不见拉麻子，口角上长得巴巴子？

蜜蜂又无尾巴又无毛，身穿一件黄道袍，它虽然不见拉麻子，口角上长得巴巴子。

什么又无尾巴又无毛，身穿一件红道袍，它虽然不是人生养，夜夜晚晚入人家？

笔色又无尾巴又无毛，身穿一件红道袍，它虽然不是人生养，夜夜晚晚入人家。

什么又无尾巴又无毛，身穿一件墨道袍，它虽然不是重八仙，半虚空搭的天桥过？

蜘蛛又无尾巴又无毛，身穿一件墨道袍，它虽然不是重八仙，半虚空搭的天桥过。

什么又无尾巴又无毛，身穿一件铁道袍，它虽然不是猪八戒，稀屎洞里走几遭？

死趴牛又无尾巴又无毛，身穿一件铁道袍，它虽然不是猪八戒，稀屎洞里走几遭。

说得巧对得妙，你俩把我的魂儿勾走了。今夜晚我要翻高墙，穿月门，悄悄来到你的绣花房。

来到我绣房，奴家有的方，变一棵桑树路边长，三斧两斧剁倒你，把你送到后柴房。

送到后柴房，放牛娃有的方，我变一根鱼刺碗里边藏，只等小姐喝鱼汤，轻轻地扎在你的咽喉上。

扎在咽喉上，奴家有的方，奴家的男人开药房，三服中药打掉你，把你送到后茅房。

送在后茅房也无妨，变一个粪虫儿猫地下。单等小姐来撒粪，布噜噜趴在你的绣房上。

飞在绣房也无妨，我在阴间来告一状。若阎王爷准了状，把咱二人排成双。

葬礼结束后，还在家里继续设着香案。等到第三天晚上，焚香烧表，送亡人回家。等到夜深的时候，孝子和儿媳妇去"撩福山"，孝义就和自己的几个妹妹一同去了。孝义用手捧四角的土去盖坟，几个妹妹则用衣兜兜四角的土去盖坟。盖完之后直接走，不能说话，不能回头，不能打灯。

从去世之日起，每隔七天再烧一次纸，供 次香案，共计七次。在一百天的时候，还得做个百日祭。

后来，金有就很少再被人提及了，仿佛从来没有来过一样。

二十二

走的走，死的死，庄越来越小了。牛家庄这头牛的呼吸越来越微弱了，真担心年三十的礼炮会震断它的呼吸。

多金、月有、庆来、兔来这辈人大多离世，属于他们的那份荣光也随着时间埋进了土里。现在耍秧歌成了过年的集体活动，活动的好坏早已无人问津。只是神头负责把大家聚在一起，大家有说有笑，全无半点对传统文化的传承与尊重。推着婆娘、女娃们扭扭屁股、抬抬脚、动动胳膊，算作跳舞，来占一下尴尬的时间。

为此，这群婆娘还专门掏出了好几个夜晚，一遍一遍地练。打小没有学过跳舞，像枯树枝一样僵硬的腿与胳膊，在院子里晃动着。就连血气方刚的少年都不爱看，我相信神灵肯定不喜欢。

男人们则打打抬鼓、嚓钺，唱几个小曲儿，玩玩手机吹吹牛逼……

近几年，又有一些人在镇上买了楼房。牛家庄的房子就像客栈一样，夏天用作避暑，冬天用来休假。从此，牛家庄病了，到处都被荒草蚕食，这头"牛"拖着疲惫的身躯艰难地呼吸着。和庄子一样，牛家庄的秧歌也在得过且过中苟全着命脉。

元娃的孩子读完高中后，又念了大专。这几年已经在城里扎根了。

自己在一家建筑公司上班，找了个护士的女朋友，成了地地道道的城里人。

突然儿子打来了电话，说："爸爸，你去看个日子，我们要结婚了。"

元娃说："腊月里结，那时候大家都能来，热闹。"

儿子说："我不打算在庄来办婚礼，我想着在城里结婚，人家姑娘想在教堂里结婚。"

元娃说："就是《新上海滩》里的那种吗？"

"就是。"儿子回道。

元娃说："那不热闹，哪像结婚呀？"

停了几秒后，元娃又说："我去看日子吧！"

看好了日子，元娃也没有叫村里人，只请了孩子的舅舅、姑姑、姨娘。

元娃婆娘是第一次出远门，还好去过几趟天水市上，不然真可能有些"刘姥姥进大观园"了。一行人乘坐汽车经过三个多小时的疾驰，就来到了兰州市。11 点的时候就已经到了教堂，找定座位坐好，就开始观看婚礼了。

大家也搭不上手，本来是自家的事，可大家都像局外人。忙坏了儿子和儿子的同学，跑前跑后，弄这弄那。将近十二点，大家还滴水未进。本来想着进城好好吃一顿，谁承想饿成了这熊样。

仪式开始了，亲家公牵着女儿的手缓缓地走了进来。儿媳妇一身白，让元娃心里一阵难受。心想："哪里有结婚穿黑与白的，丧事才是这样的"。

亲家公把女儿的手放到了女婿手里，接着穿主持人就说话了："各位亲友，我们今天欢聚在主的圣殿内，一同参与高文杰先生、蔡晓慧小姐的婚姻庆典。表达我们对于他们二位新人的祝福，并为他们的结合做见证。婚姻是上帝所设立的，现在就让我们祈求天主降福给这对新人，相携相扶，白头到老。"

说完，一群婚庆公司的人，叽里咕噜地唱了一阵。

主持人又说话了："高文杰先生，你是否自愿与蔡晓慧小姐结为夫妻？"

儿子答道："是的！"

接着主持人又问："蔡晓慧小姐，你是否自愿与高文杰先生结为夫妻？"

儿媳妇答道："是的！"

主持人又说道："你们既然选择了婚姻生活，那你们是否愿意一生互敬互爱？"

两人都答道："我愿意！"

主持人拿起话筒说："现在，请我们所有人共同聆听，这对新人的真情承诺。"

儿子拿起话筒说："蔡晓慧，我如今郑重承诺你作为我的妻子，并许诺从今以后无论贫穷还是富有，不管疾病还是健康，我都爱你、尊重你，直到死亡将我们分离。愿主垂鉴我的意愿！"

说完，儿媳妇拿起话筒说："高文杰，我如今郑重承诺你作为我的丈夫，并许诺从今以后无论贫穷还是富有，不管疾病还是健康，我都爱你、尊重你，直到死亡将我们分离。愿主垂鉴我的意愿！"

最后，主持人指导两人交换了戒指。夫妻两人转身向大家鞠了躬，就结束了。

这时儿子才招呼大家去酒店吃饭。儿媳妇家的亲戚坐了一桌，元娃这边的坐了一桌，吃饭的同时，互相敬酒认识了亲戚。两亲家早见过几次，这次就是介绍其他亲朋相互认识。

饭吃完后，元娃夫妻俩也没有多待，跟着亲戚们一起回来了。

回家后，婆娘高兴得尾巴都快翘起来了。逢人就讲，儿媳妇多漂亮，儿子多能干，结婚就跟电视里一模一样。可元娃心里总觉得不对味，就给儿子打电话，想在老家再办一次。儿子嫌浪费钱，死活不答应，还说况且没有结两次婚的道理。

还没一年就生了孩子，元娃夫妻俩都住进了城里。老婆帮儿子看孩子，元娃一天在城里打零工，日子过得像模像样的。

连正月里都没有回村，院子里的草长得和人一样高。就这样正月里越来越冷清了。元娃也不回村了，活生生把牛家庄的牛蹄砍掉了。

也是这一年，神头给庙里装上了高音喇叭，放了武山人的秧歌——

《野雀花》，大意是讲：有三个人物，分别是娘(老旦)、女儿(名野雀花，花旦)和亲家母。是说乡里的两口子，把女子嫁进城里，去看女儿时的一些语言和行动。

娘白：我有个女孩儿叫野雀花，我暂要去看一下呢！

娘唱：

乡里来的亲家们要到城里去，思前想后的没有撺上的。

娘白：

蔫茄儿，烂黄瓜，还有两根羊油蜡，这才是乡里人的好撺的嘞漫吆。

娘唱：

举步儿来呀便步行呀，便步行呀，行一步来到亲家门头起。

娘白：

亲家们，亲家们，开门来！

亲家母白：

洗锅嘞，抹灶嘞，耳听着门外人叫呢。案子上起上面着嘞，娃娃在尿合里缠着呢，麻鸡娃下哈蛋着呢，叫门的按着呢，狗娃儿的铁绳还断着哩。抽脱门杠子把门开，原来是亲家到门前。亲家亲家，你来是来了么，可撺那么重咋？

娘白：

我没啥撺上的，蔫茄儿，烂黄瓜，还有两根羊油蜡，看曹的女孩儿来咋嘞！娃娃给你没惹气吗？

亲家母白：

提起你的娃没口说，死气给我撑得饱饱的。上炕不脱鞋，下炕不洗脸，人前头说话为她简。散了一锅饭，尽疙瘩；烙了一叶馍，尽渣渣，这就是你养下的衰妈妈！

娘白：

那么，娃娃的家常便饭会做吗？

亲家母白：

打从来的三天半，做了一顿试手面，擀去擀下的匹驴毡，切去切下的打狗鞭，下到锅里不动弹，捞到碗里端站站，像蝎子没尾杆，像长虫不动弹，像个癞蛤蟆不叫唤，不像门担像扁担鞭杆，女婿把一根没咬断，老汉咬了一口硬如铁，吸了一口没是啥，一家四口没吃完，剩下了七盆儿、八瓦罐。众人笑我没王法，你今日把你大娃领咋去！

娘唱：

叫一声亲家你毫（别）生气，我娃自小是惯下的，哪达不到你多担待呀，娃娃年幼你多指教。

野雀花白：

耳听着母亲唤，急忙走上前，娘唤奴有何吩咐？

亲家母白：

你妈一架大山走来了，你就不知道给你妈做上点好茶饭去！

野雀花唱：

不敢抬头偷眼看，原来是妈妈来把我看，原来是妈妈来把我看。我想给妈妈做上一顿好茶饭，没有米来没有面，急得我野雀花满院团团转。

十岁我进了阿家的门，全家不把野雀花当人，全家不把野雀花当人。娘锁上米来锁上面，油盐酱醋不得见，油盐酱醋不得见。担水磨面又纺线呀，我喝面汤呀人家吃饭，我喝面汤呀人家吃饭。

娘白：

咿吆！你把我的娃娃作操着不成样子了。我的娃，咋你的坐落如何？

野雀花唱：

不提坐落还则罢，提起坐落把心气炸，高楼瓦房都是她的，都是她的，高粱秆的苦苦儿是娘的野雀花。

娘白：

咋坐落不行也闲，要穿得暖嘞！

野雀花唱：

不提穿的还则罢，提起穿的把心气炸，丝绸缎被都是她的，都是她的，黑羊儿的皮皮儿娘的野雀花。

娘白：

穿的不行也罢，咋要吃饱嘞，给你生活如何？

野雀花唱：

不提吃嘞还则罢，提起吃的把心气炸，细米白面都是她的，都是她的，粗米烂糠是娘的野雀花。

娘白：

亲家们！住的、吃的、穿的都不行，我要和你尖情嘞！

亲家母白：

不了然你干没治，我不休她你还要领回去。

娘唱：

亲家你把屁放下，藏楞儿拿来我提上，从今后再不上你的门呀，我把我的心不安领回家，我把我的心不安领回家。

亲家母唱：

乡里亲家你好大胆，你把城里人不害怕，开口骂人理不端，我把袖子挽一挽，再把裤带缠一缠，用上一对小红拳。

娘唱：

乡里亲家手脚蠢，你三打不如我屁脸一墩，你三打不如我屁脸一墩。

二十三

秧歌是彻底唱不起来了，正月里也冷清了很多。雪也没有以前深了，炮仗也没有以前响了，亲戚也没有以前亲了，庄子也没有以前大了。

本来还有几家全职农民，可这年连天的雨，使得道路塌陷，良田被毁。就这几个人，连吹坏的路都无法修好，更别谈修复良田了。

书记茂林去镇里上报灾情时，摩托车冲入深沟，摔断了腰。虽然保住了命，却再也站不起来了。

县里、镇里都派专人来牛家庄，查看了灾情。后来又委派国土资源局的人实地勘测。经科学研判，牛家庄的村体已有了裂缝，有随时滑坡的风险，不适合居住了。县里赶紧把这一情况逐层上报，上面特事特办、加紧部署，决定对牛家庄进行整村搬迁。

望着住了大半辈子的地方，大家说不出的惆怅，更多的还是不舍。这段时间大家也不去地里了，反正要搬迁了，那就好好享受一段日子。这天孝义来找茂林，两人倒着罐罐茶，聊着往事。一起长大的玩伴，随着日子的推移，就像头顶的发一样，所剩无几了。

茂林拿来了弦子，两人唱了《十里塘》：

我送大哥炕楞台，扳倒了灯盏漾了油，油了哥哥的青丝带，油了妹妹的花枕头。油了哥哥的青丝带，油了妹妹的花枕头。

我送大哥出门哩，手儿里送上水烟袋，手抓手儿松不开呀，我问大哥几时来。哎呀，我的亲大哥呀，我问大哥儿时来。

今年不来明年来，明年不来永不来，离不开大哥的好人才呀，妹妹在家等你来。哎呀，我的亲大哥呀，妹妹在家等你来。

我送大哥一里塘，秋风吹得透体凉，你也凉来我也凉呀，单丢下奴家守空房。哎呀，我的亲哥哥呀，单丢下奴家守空房。

我送大哥二里塘，头上的青丝送情郎，走在路上想起奴呀，手捧青丝望一望。哎呀，我的亲哥哥呀，手捧青丝望一望。

我送大哥三里塘，手儿里提上鞋两双，一双带上路上穿呀，一双留下送情郎。哎呀，我的亲哥哥呀，一双留下送情郎。

我送大哥四里塘，塘上撒下打鱼网，打下鲜鱼留下养呀，单等夫君早回乡。哎呀，我的亲哥哥呀，单等夫君早回乡。

我送大哥五里塘，二八姐儿送才郎，十股子眼泪九股子淌呀，两眼汪汪送才郎。哎呀，我的亲哥哥呀，两眼汪汪送才郎。

我送大哥六里塘，鸳鸯戏耍水面上，鸳鸯戏水成双对呀，你我二人要分开。哎呀，我的亲大哥呀，两眼汪汪送才郎。你我二人要分开。

我送大哥七里塘，七里塘前话衷肠，路上残花休要折呀，家中有你的桂花香。哎呀，我的亲哥哥呀，家中有你的桂花香。

我送大哥八里塘，对着月亮诉冤枉，妹妹要把哥哥忘呀，除非天上无月亮。哎呀，我的亲哥哥呀，除非天上无月亮。

我送大哥九里塘，菊花开得满山黄，有心摘花没心戴呀，直等得妹妹哭一场。哎呀，我的亲哥哥呀，直等得妹妹哭一场。

我送大哥烫土坡，烫土坡上烫土多，烫土呛过我的绣花鞋呀，三寸金莲载着嘞。哎呀，我的亲哥哥呀，三寸金莲载着嘞。

我送大哥砂石坡，砂石坡上砂石多，石头拐了我的鞋呀，一肚子冤枉给谁说？哎呀，我的亲哥哥呀，一肚子冤枉给谁说？

我送大哥广武坡，广武坡高来路又滑，上也坡来下也坡，小金莲疼着像锥戳。哎呀，我的亲哥哥呀，小金莲疼着像锥戳。

我送大哥渭水河，渭水河上一对鹅，公鹅展翅飞过河，急得母鹅叫哥哥。哎呀，我的亲哥哥呀，急得母鹅叫哥哥。

唱罢，又唱了《下四川》：

白：家在宁远河北的嚓石川，自幼吃的爹娘的饭；我有心做买卖，还是个做不成。

唱：念书念不成，务庄农太辛苦，我想当个生意人呀手儿里还紧困。学做生意难，随带上小本钱，上兰州绑水烟要下四川。

唱：丈夫你当听，你是个惯下的人，出了门在路上要受苦心。

白：贤妻你当听，你毫嫌惯下的人，成起一个川客儿能担起百十斤。

唱：丈夫你当听，你是个年轻人，出门在路上要学老成。

白：贤妻你当听，你把心放宽，我出门在路上只念家里的人。

唱:丈夫你当听，你是个单手人，你出门烧烟儿还是个没人寻。

白:贤妻听我言，烧烟儿你别管，我出门去，你把你的娘家转，挣下钱再给姨夫给银钱。

唱:我丈夫要出门，出门着挣银钱，养家糊口不容易，不去是不能成。

下四川的路艰难，你苦心去挣钱，只要你平安回家园。

下四川的路艰难，你苦心去挣钱，只要你平安回家园，奴才把心放宽。

十月下大雪，冻得人打牙磕，天下大雪地上滑，生意不好做。

你在外边寒，我在家中牵，里牵外寒都一样，没穿上暖衣裳。

十一月数九天，不望你多挣钱，再有一月到年关，奴盼你把家还。

天黑了下来。孝义踩着月光回家，跟二十多年前多金、月有、庆来踩着月光一样。只是这次，天更黑了，孝义落单了。

六月里的麦客子乱嚷嚷

正月里的冻冰二月里消，河湾里的鱼娃儿水面上漂。叫呀阿哥哥，赶呀么赶着割！叫呀小妹妹，暂给你一把麦！

三月里的桃杏花开来了，四月里的杨柳上来了。叫呀阿哥哥，赶呀么赶着割！叫呀小妹妹，暂给你一把麦！

五月里的菜籽满川黄，六月里的麦客子乱嚷嚷。叫呀阿哥哥，赶呀么赶着割！叫呀小妹妹，暂给你一把麦！

七月里的葡萄搭上架，八月来的豆角赶上荏。叫呀阿哥哥，赶呀么赶着割！叫呀小妹妹，暂给你一把麦！

九月里的菊花朵儿黄，十月里的老天爷下隆霜。叫呀阿哥哥，赶呀么赶着割！叫呀小妹妹，暂给你一把麦！

十一月的雪花堆上门，腊月里的年货摆出城。叫呀阿哥哥，赶呀么赶着割！叫呀小妹妹，暂给你一把麦！

听大人说，那是发生二十世纪八十年代陕甘乡村的故事。

那个时候包产到户才几年，物质生活依旧匮乏，所有人勉强能够填饱肚子。娃儿们念几年书，混到十二三岁就帮着家里大人做活，日弄到十七八岁娶个婆娘生个崽。农闲时放牛牧马，趁牲口吃草的空隙偷鸡牵羊是常有的事；或者打打扑克，学学秧歌，晚上再跑着看看露天电影来消遣一下时间。

后南山窦桂村里有个木匠，排行老三，人都喊他三娃。长年累月做木活，把起早贪黑的时间换成了几张票子，成为了山前山后的富户。三娃头授子（方言，第一胎）生了个女儿，接着又养了三个女儿，才盼来了儿子墨斗儿，故一家子都很疼爱这个老生胎（方言，最后一胎）。吃得好，穿得好，时不时还给些零花钱。

三娃对门住着一炕吃奶长大的老大大娃娃。大娃娃年轻时当过兵，在部队里念过一些字，复员后就在村里当老师，逢人都喊刘老师。大娃娃夫妻俩生了四个儿子，每个儿子性格都不一样，老大跟墨斗儿一样傻里傻气的；老二为人聪明，对秧歌、乐器有种胎里带来的熟悉感，板胡一碰就能拉，秧歌一听就会唱；四儿子继福则融合了老二的聪明和老三的狡猾。

继福比墨斗儿大九天，两人打小就在一个坑上光着屁股滚大，自然关系亲近点。又一起放牛、打隔壁村的男娃、糟蹋庄稼，拿着墨斗儿的钱去镇上买凉粉、喝甜水，当然这期间墨斗儿没少受过继福的骗。两人也时不时打架，但总是墨斗儿吃亏。

墨斗儿学字很慢，刘老师对这个最小的侄子死活没办法。那会儿念书也学"a、o、e、i、u、ü"，刘老师让墨斗儿读一下，墨斗儿只能想起"a、o、e、i、u、ü"。继福急得满头大汗，小声说："b、p、m、f……"墨斗儿赶紧跟着读"婆婆么（方言，没有）坟"。这一读把刘老师和同学们都逗笑了，随后给墨斗儿一瓶农药，罚墨斗儿去粪坑清理蛆虫去。

北方农村都是旱厕，夏天臭气熏天，蛆虫到处都是。上厕所最怕这种虫子爬到鞋上来，一般都会用农药把蛆虫毒死。下课后大家都一窝蜂地跑去观看墨斗儿的"杀蛆大战"，只见墨斗儿手里拿着农药追着蛆军往上面滴药，蛆军士遇到农药剧烈抖动一下立马就僵死了。感觉那会儿墨斗儿杀红眼了，杀得厕所蛆尸遍地也不罢休。大家从粪坑这边跳到那边，又从那边跳到这边，检阅着墨斗儿的战绩。

上课铃响了，墨斗儿也鸣金收兵。就在墨斗儿攒力跳动的那一瞬，继福突然"噢"了一声，吓得直接跳进了粪坑，然后快速从屎里爬上来追着继福，一定要给继福身上蹭屎。为这，两人好一阵子不说话。

这年麦子还没黄，刘老师早早就放割麦假了。

孩子们每天都去钟弯梁放牛，墨斗儿拿上了新买的扑克牌，几个打着打着就学大人的样子赌了起来，几天下来墨斗儿就欠了继福三块六毛五。继福让墨斗儿去帮自己赶牛，赶回来就免去五分钱。渐渐的，墨斗儿成为了继福廉价的长工，墨斗儿也逐渐接受了继福的领导，把继福的牛看得比自己的牛都好。

晚上几个人约好去马家滩看露天电影。妇女们梳妆打扮了一下，穿上阔阔皮鞋颤颤裤。有道是"洋芋花儿赛牡丹"，确实有点样子。

继福一眼就盯上一个身着牛仔外套、内搭个白色圆领衬衣、红中透黑的皮鞋上面有　件黑色的阔腿裤。远远望去，好比鸭在鸡架，格外出众。妇人的屁股随着迈不大的步子，左一下右一下地晃动着。继福随即问道："谁去揣一下。"没人敢去。

继福便转头对墨斗儿说："揣一下，免五分钱。"

"那就免一毛。"

"两毛去不去，不去算了。"

墨斗儿挤过去拿手碰了一下，妇女没有感应，继续观看电影。墨斗儿退出来对着继福说："免两毛啊，你说的。"

继福说："这次不算，都没看见，你再揣一下，给你免三毛。"气得墨斗儿扭头就回家了。

第二天放牛的时候，继福牛也不让墨斗儿赶了，逼着墨斗儿还钱。墨斗儿不敢跟家里要钱，也没地方借钱，就跟着九贵去陕西赶麦场了。

三娃还奇怪呢，墨斗儿怎么好端端的做麦客子了，在自家也没割过多少的麦，况且自家的麦马上就黄了。

九贵带着墨斗儿躺在煤车的煤堆上，一天一夜就下车了，拿着那把生锈的镰刀割向了异乡的麦浪。

这是墨斗儿第一次走远路，见到了很多不曾见过的人跟事，重要的是见到了几个拣麦穗的姑娘。

自打墨斗儿赶麦场回来，就在继福面前神气了起来，还清了债，还说着在那不怀好意的日头下面见过的穿着善良的衣服拣麦穗的姑娘。继福听着就有了打算，也想赶麦场，看姑娘。

"呦呦鹿鸣，食野之苹。"草场对鹿群的诱惑像极了姑娘对男人的吸引。一年的时间很快，继福的牛吃完了储藏好的麦秸秆，跑向了青春正浓的钟弯梁。

如往年一样，他们还是趁着月色爬上了煤车。蹲睡了一夜，终于火车的四周泛起了鱼肚白。继福揉了揉眼屎，吓了一哆嗦，头顶全是电路。看见两边山向后倒着，有的房子里冒起了青烟。倏尔车前横卧着一个涵洞，车攒满劲龙吟而入。没几分钟，北山精神萎靡，一身土气；南山则风华正茂，青葱浓郁。掠水过桥，终于有人说话了。

"前面就是宝鸡峡了，现在到老陕的地方了。"

"啪"，一巴掌打在了继福的头上。"不要站起来，看把你给电死。"

"九贵，咱们今年去哪搭割？"

"八百里秦川好地方，人杰地灵大粮仓。今年咱们夫秦镇。"

继福也问道："李家爸，秦镇有拣麦穗的女娃么？"

"有呢，今年给哄一个陕西的婆娘家回去。"

"我不要。"继福红着脸垂下了头，接着又问："那陕西婆娘会做饭吗？"

几个人说着笑着，等到煤车停下跳下了车，九贵带着这几个人轻车熟路地出了站。左问右寻的，终于找到了一个麦东家。继福磨完镰刀，在院外的野草上面轻轻一划拉，草便拦腰割断了。

东家中午做了油泼面，继福看着恁大个碗，想着一碗就吃饱了，端上来才知道一碗就一根面。

九贵扯了扯嗓子，问东家要了几瓣蒜，嘴里嘀咕着："吃饭不吃蒜，香味少一半。"

一阵狼吞虎咽过后，桌上一片狼藉。麦客们拿起了自己的镰刀，就像战士拿起了钢刀，走向了他们的战场。

果然，地里已经有几个姑娘，挎着篮子，篮子里面稀稀落落地丢着几根麦穗。

继福头脑灵活，手脚勤快，劳动力强。割麦特别快，连脚底下都收拾得非常干净。转眼就甩别人一两步了，与隔壁人中间割出了一个坎。继福转眼看到跟在他后面的篮子颗粒不多，趁其他人不注意就塞了一把麦穗。塞着塞着两个人就说笑了起来。

继福手把麦，嘴里吼着：

"五月里的菜籽满川黄，六月里的麦客子乱嚷嚷。"

还教姑娘唱：

"叫呀阿哥哥，赶呀么赶着割！"

可能是害羞，也可能是听不懂，姑娘死活没帮腔，只能隔老远喊着墨斗儿米帮腔。

两个人就在麦田里唱了起来。

唱到"叫呀小妹妹，暂给你一把麦"，偷偷给姑娘又塞了一把麦穗。

姑娘问继福："会唱戏吗？"

"会。"

"骗人，你们甘肃人怎么会戏？"

"哎嘿，头戴七星定官，跨龙手持金鞭。查善恶无不周全，遇妖邪便使金砖。南天门闲游闲转，游在了玉帝面前，直封吾检查灵官。"

"我们这的戏那是唱的，不是你这样喊的。"

"正月怀胎在娘身，无踪无影又无形。夫妻二人同床说，不知怀胎是真假。二月怀胎在娘身，露水半点不知音。露水好像桃花水，点点滴滴落娘身。三月怀胎在娘身，娘今怀胎果是真。左边怀的是男儿，右边怀的女儿身。四月怀胎在身上，娘今思想果子尝。又想东边桃好吃，又想西边李好尝……"

继福唱起了今年正月学的《十月怀胎》。唱罢，还问姑娘是这样吧！

"叽里咕噜的，比我们这的难听。"

"……"

白天终于被他们说笑没了，姑娘们装好了整篮子的疲惫，回家了。看着渐远渐小的人影，继福喊了一嗓子："哎，明天还来吗？"

"来呢！"

麦客们吃了晚饭，就说起了闲话。你一言我一语地说着继福和姑娘的事。

"还得是凉凉子上的人，攒劲啊，一天就勾搭上婆娘家了。"

"刘老师年轻时就哄了个外地婆娘，这继福比刘老师还攒劲。"

九贵说："继福，明天不能给她降妖、唱秧歌了，要打山歌呢！"

"怎么打呢？我没学过。"

"骡子带着马的铃，隔山看见我的人。立轮磨里水旋哩，你不来了我缠哩。"

"要唱这种，唱到姑娘的心窝子里。"

不知不觉中继福已经给姑娘打了十几天山歌了，心也渐渐被唱开了。从村东的王家割到了村西的王家，麦客们盘算着要回家了。继福对姑娘说："后天我们就回甘肃了，以后还拣麦穗吗？"

"明年还来割麦吗？"

"来呢！"

"那我也来。"

暮色四起，继福端着碗蹲在墙角，用筷子搅动着，心里盘算着那些山歌。

他一个人走到了村口的麦地，陌生的风掀起了熟悉的味道，湿润了他的眼睛。这十多天的日子，焚心蚀骨，美过前十几年所有的日子。

坐在土坎坎上，他又打起了山歌：

"雨把石头泡软了，你的心硬走远了，一去两年没得回，我不想你我想谁？"

听到不远处有人唱道：

"叫呀阿哥哥，赶呀么赶着割！"

拣麦穗的姑娘走来了。两个人就坐在土坎坎上，说着陕西、甘肃……还有那些不能对着太阳说的话。

继福说着梦中的悄悄话，墨斗儿悄悄地说着梦话。

"嫩闪闪的，我揣一下。"

"揣什么，屁脸吗？"

大家都睡了，继福才回来。

早上起来大家问墨斗儿昨晚在揣什么呢。

墨斗儿一脸无辜地说："没揣啊！"

"那你说梦话，'嫩闪闪的，我揣一下。'"

这下继福来劲了，逼着问墨斗儿："揣什么，马家滩婆娘的屁脸吗？"

说着两人在院子里追赶了起来，接着磨镰刀、割麦。

姑娘照例来拣麦穗，但今天继福没有打山歌，两人偷偷摸摸地说着一些话。

墨斗儿突然对其他人说："记起来了，我昨晚梦到揣她的奶子了。"

正如公猪遇到了打圈的母猪婆，这些汉子立马兴奋了起来。吹口哨的、接话柄的……羞得姑娘挎着篮子就跑开了。

这话不到半天工夫在这个村子里传开了。东加一句，西扯一言，传成了墨斗儿说昨晚继福揣了姑娘的奶。

姑娘的父亲是个粗人，不问青红皂白，只知道女儿给自己抹了黑，拿起鞭子追着女儿打。女儿慌乱中失脚掉进了涝坝里。夏天雨多，涝坝水量富足，人没有捞上来。

闹出人命了，自然得报案，很快派出所的人就来了，把墨斗儿与继福拷走了。墨斗儿招供说自己做了那种年轻人都做的梦，被大家误传了。最终继福无罪释放，跟着九贵们回家了。而墨斗儿送到了看守所，等候法院的审判。

墨斗儿母亲听说孩子进监狱了，由于太急，一口气没抽上来，后面便无法说话了。儿子进监狱了，老婆哑了，三娃比之前更沉默了。

村里人都说："幸好墨斗儿母亲不能说话了，不然这窦桂山谁都别想安宁。"

过了几天，刘老师在满村寻继福，直到天黑下来也没有找到。

法院将墨斗儿扭送回甘肃老家。本来是开个男人兴奋的玩笑，可这会儿死了人，就该处罚了。

父母没多少文化，根本不知道请律师辩护，一直在家坐等消息。因墨斗儿未到18周岁，法院最终判决刘墨斗儿犯诽谤罪，判处有期徒刑两年零五个月。

麦黄六月，窦桂山上依旧有人在唱：

五月里的菜籽满川黄，六月里的麦客子乱嚷嚷。

叫呀阿哥哥，赶呀么赶着割！叫呀小妹妹，暂给你一把麦！

学生妈妈

不知道什么时候开始，大家都在说"王球疯了"。

王球是窦桂山一带最能赚钱的 80 后，凭着手头折断过油笔的劲儿，在建筑工地活生生绑出了一片天地，成为了官家庄寇老板的车轮，把寇老板滚进了城里。

王球除了名中有球，没有一处与球有关系。远远看到一个巨型鸭蛋滑了过来，哎哟！抬头一看，正是王球。王球能看到的器官都像鸭蛋，脸、手指头、腿简直就是刚出锅尚未剥壳的鸭蛋。人家都说女娲娘娘很喜欢吃鸭蛋，每天早上都会用七个煮熟的鸭蛋，倒着、正着堆成人形，按照堆的样子去捏人，一天刚好吃能吃完一个鸭蛋人。我估计生王球那天，女娲娘娘起床晚了，还没来得及剥蛋壳，一个喷嚏就把王球送到娘胎里了。听大人们说王球出生时脸特别白，但皮肤干硬，没有婴儿该有的胶原蛋白，大概是女娲娘娘没剥蛋壳造成的吧！

王球几年前就迎娶了艳艳，但两人婚后一直不融洽。王球这人胸前有痣，但胸无大志，一心只想通过绑钢筋挣钱养家，从不问老婆除了钱以外的事，包括两口子对着月亮要做的事。婚后只挣钱，从不管家里的三七二十一。农村人嘛，七大姑、八大姨家的事都挺多，逢年过节的都是艳艳在维系亲戚邻里的事务。白天的日子倒也容易，带着狗舞弄一下菜园子，牙叉骨台子上说说闲话，日头也就下山了。可在那些个难眠的漫漫长夜，艳艳守着那一院的空房子，孤独寂寞，心看着手，手安慰着心，只有月亮知道她是如何应付那些胡思乱想的青春的。

后来在双方家人的引导下，艳艳去了几趟王球所在的工地，再后来他们就有了一个合情合理的儿子。此后，王球一如往常地绑钢筋，绑起了高楼，绑紧了日子，绑好了一整袋钞票。而艳艳的生活，只是多了儿子，其他的倒也没有什么变化。有一天，陌生车辆的前灯照破了村庄的宁静，形似寡妇的艳艳门口有了风言风语。与此同时工地上也刮起了一阵怪风，有人说王球儿子长得不像鸭蛋，像球。当然风里雨里过日子的人，也早就习惯了风言风语，日子照常在钢筋声渐行渐杳。

去年王球的儿子已满了4岁，艳艳跟其他的学生妈妈一样带着孩子去镇上读幼儿园了。租房子、购置日用品，一应俱全后，王球坐着寇老板的车到了西安，在碧桂园的工地里猛抽了两嘴黄兰州，嘴里吐出的烟圈跳出了生活的幸福。

日子没能如王球头上的汗越来越多，夫妻感情也没有像艳艳脸上的妆越来越浓。但风言风语却越来越密了，密到王球的手机上有了艳艳和陌生男人的照片，再后来有人看到早上有个男人从王球给老婆租的房里出来了。

王球这次坐不住了，火急火燎地回家，早晨五点四十下的火车，六点半就已经到给艳艳租的房门口了。先是敲门，接着是踹门，艳艳胡乱地披了件衣服把自己简单裹了一下，就打开了房门。王球东瞅瞅、西瞧瞧，一脚踩在尿盆里，嫖客没抓到却骚到了。

王球看了看熟睡的儿子，拿着手机端详了一下自己，脱口而出："那个男人是谁？"

"哪个男人？"艳艳卸下了裹在身上的衣服，将浑圆的脊背对着王球，睡眼惺忪地说。

王球盯着地上一双男人的皮鞋说："哪个，你说是哪个，敢情你养了好几个野男人，人家看到的那个。"

艳艳突然梨花带雨，哭着说："儿子认床，哭得止不住，那是我给孩子找的干爸。"

王球在鼻子里哼了一声，说："是干爸还是亲爸？"

艳艳扯着嗓子骂王球："你是不是嘴捣了一驴屎，大清早在这胡叫唤。"

王球内心有太多的不满，自打结婚后就没有对艳艳说过重话，甚至也没怎么说过话。但此刻他实在受不了了，破口大骂："你个老骚情，你个老嫁汉，你才一直被驴屎捣呢！"

艳艳不知是被说中了，还是说重了，她也生气了，抄起枕头朝王球砸了过去，王球搬起锅碗瓢盆往地上砸。吵醒了儿子，"哇"的一声把邻居的狗也吵醒了，邻居的狗又吵醒了邻居。渐渐地有几个人来劝架了，看着春光乍泄的艳艳，隔壁的学生妈妈给她披了件衣服。一个暴怒着大义凛然的三纲五常，一个哭诉着柴米油盐的鸡毛蒜皮。男人有男人的物质不易，女人有女人的精神压抑，这一回合分不出胜负，这一回合永远也不会结束，就算隔壁的张梅姨也无法平息这场风波。

张梅姨说过，没有老娘撮合不了的人，也没有老娘劝不下的架。张梅姨的嘴，戴宗的腿——跑过火车跨过海。如果抗日战争时期张梅姨能够参战的话，我相信会有不少日本人会被她说死，但今天张梅姨在王球与艳艳面前折戟了。

两人吵着吵着，终于吵上了正轨，王球说："庙里的和尚也是一辈子，大不了不要老婆了。"

艳艳马上来了句："你看这个驴日的，七八年都没碰过我七八次，人家早就有人了。"

王球气急败坏地骂道："你嘴被驴屎捣烂了吗？血口喷人呢！"

艳艳接着骂道："就是被驴屎捣了，你个狗日的，离婚，我一天也不想过了。"

张梅姨急忙说了句："你俩的嘴咋感觉像热汤烧的，那么喜欢离婚啊，喜欢离婚为什么要结婚呢？你看看咱这光棍乱麻麻的，走，艳艳咱俩送娃去。"

说着用宽松的衣服包住了艳艳跃跃欲试的上半身和若隐若现的下

半截，用湿手巾擦了脸。不知是故意还是无意，艳艳胡乱摸到一双42码的拖鞋，既然都说成这样了，那就不避嫌了，穿着去送娃了。

王球看着碎了一地的锅碗瓢盆，就如同碎了一地的生活。刚喝了一口水，一想到这杯子那个男人或许喝过，就像把癞蛤蟆吃到了嘴里，不咬人干恶心。

太阳照样在七点钟找到了西山，白天照例换来了黑夜。人心与人心隔着肚皮，隔着也有隔着的好，不然你的心事完全被人看到，你所有的口是心非全被人看到了，肮脏的你，虚伪的你……不敢想象。因此，有的时候需要隔点东西，比如那层窗户纸。

现在窗户纸是捅破了，可事却没有解决。王球仍幻想用钢筋绑住幸福，手里的日子照常大汗淋漓。日子在艳艳的放肆下，让每个寂寞的夜晚都香汗淋漓。

这天王球在楼上看着远处绿油油的麦浪，心里早让野驴跑了几趟，从此，王球疯了。在工地外面买了把菜刀，告诉工友们，这把菜刀除了不能砍菜其他都可以砍。合法合理地砍了几天后，砍坏了好几把凳子，寇老板感觉这样下去迟早出事，就让他收拾铺盖回家了。

王球回家就把儿子带给了妈妈，然后断了艳艳的财路。断人财路，掘人祖坟，上次这么干的还是曹操与梁山众好汉。然后把头剃光，每天都在摩托车后座上绑一扎啤酒，带上那把菜刀，疯疯癫癫地骑车行驶在316国道与窦桂山的村道上，路过的人都会说一声："王球真的疯了。"慢慢的大家开始传，王球时不时去山神庙里串门，有时还去坟堆上聊天。至于是谁说的，都无关紧要，最重要的是这样能证明王球确实疯了。

时间还是不闻不问，还是没有感情地推动着，或许是天太寒了，疯了几个月后，王球由"带刀侍卫"变成了"御前九品"，每天在家能熬九顿罐罐茶。当然，这段时间艳艳也不知道去哪了，反正那个不知道是谁种的儿子在自己身边，至于那个结扎过的女人就任她去吧。

艳艳也确实自由了，可以跟那个汉子自在了，他俩知道要如何应对流言蜚语，与其顺风被摧不如逆向生长，把本来偷偷摸摸的事干得光明正大。那个汉子跟艳艳生活了许久，发现他的子孙在艳艳这里永远是生米，煮不成熟饭，方才明白艳艳早就不能生儿育女了。

什么伟大的海誓山盟，什么狗屁海枯石烂，在传宗接代面前一文不值，汉子开始对艳艳冷淡了。人总是那么现实，以一种目的相逢，当目的达到或者未达到时，都会渐渐疏远。

艳艳不能忍受男人的冷淡，正因为害怕冷淡，艳艳从一个女人变成了女性，她不敢再想，她不想再想起那些漫漫长夜。

艳艳突然对着汉子说："咱们把自己的孩子要回来。"

汉子愣了一下："嗯？你疯了，咱们哪有孩子？"

"别人不知道，你这个挨千刀的也不清楚吗？咱俩在我结婚第二年就已经好上了呀！"艳艳深情地望着汉子。

落了几层霜，降了几次雪，外出打工的人都回家了，村子有了生机。麻将桌上，牙叉骨台子上，人们谈着城里城外、学生成绩的好坏，王球与艳艳的事偶被人提起，慢慢地也就没人说了。

记忆就是一种顽疾，你没法根治，总有人会帮你记着，有人能帮你勾起。大年初三这天，乌鸦落在村口的杨树干上，几个小孩子拿着炮仗驱赶着乌鸦。拜年的、串门的都不断在节日的祥和里伸着懒腰，与往年的初三一样，又与初三的往年不一样。

车来车往中，谁也没有注意到一辆奇怪的车驶入村庄，这辆车来意明确，路况熟悉，进村后径直停在王球家门口。接着是狗叫，然后是人闹，吵着闹着就开始打了起来。原来是艳艳和汉子回村了，跟他俩一起回村的还有几个沐浴梁的小混混。王球跟他妈两个人，对阵对方五六个人，而且来人长得如煮胀的肺一般，一点都没王球长得有食欲。

吵闹中，艳艳先上手抓王球的头发，被王球轻松躲开，此时汉子趁乱给了王球一巴掌，说时迟、那时快，王球朝汉子裆部猛踹了一脚，于是那几个混混也加入了战斗。

母亲一看王球被人围攻，提起炉子上的水壶，朝一个文身男倒下去，即刻发出奇奇怪怪的叫声，随后是一声声的惨叫，战况越发激烈。汉子捂着裆抄起凳子朝王球砸下去，王球忍痛挡到右边，凳子砸在另一个混混的身上，趁机把这个混混掀翻在火炉上，烧得这哥们嗷嗷大叫，掀翻了炉子，狼狈地退出了战斗。由于炉子被掀翻，顿时屋内灰尘四起，有霍去病打击匈奴那味了。混战中不知谁砸了王球几啤酒瓶，母亲也被人打得眼中流血。动静太大，邻里邻居都来了，战斗也就无法持续了。院里躺的、席地坐的、流血的、毁容的，确实看不出输赢，只有长相像球的那小崽子拿着玩具枪朝着众人一顿突突，这好像是全场唯一的胜者。

艳艳尴尬地朝这群陌生的熟人打过招呼，吆喝着汉子就要离开，坐上车才发现不知哪位好汉把汉子的车胎给扎了，一时半会儿是离不开了，说话间就有了警报声，警察赶到了。接着警察打了120，王球、母亲、汉子、艳艳受伤不严重的铐上了警车，烫伤的、烧伤的这两人被抬上救护车。

第二天，疲惫的太阳闭上了慵懒的眼睛，王球和母亲也回家了，派出所定为简单的打架斗殴，各自掏钱医各自的人，这场"家庭保卫战"随着年味的散去也淡了下去。经此一战，王球与艳艳自然是没法在一起过活了，所以在法槌落下的瞬间，也给婚姻画上了句号，那个不知道是姓王还是姓野的儿子判给了王球，艳艳按照法律规定得支付抚养费到孩子成年。

通过艳艳的努力，打碎了原来的家庭，追到了自己的幸福，和汉子建立了合法有效的婚姻。为了家里的柴米油盐，汉子也得学着王球出去打工，不知道艳艳这个时候的夜长不长，梦多不多。

没有一技之长，只能加入到建筑工人的行列，冤家路窄，好巧不巧，王球在工地上遇到了汉子。王球一想到没毕业的孩子和已经毕业的孩她妈，血液暴涨。顺理成章地两人又干了一仗，这一仗王球赢得非常彻底，汉子的腿被王球扎了一钢筋头子，从此变成了瘸子，而且再也不能出大力了。农民被宣告不能使力，就像歌手变成了哑巴，手模失去了手，等于判处了无期徒刑。

汉子就只能在家里摘摘苹果、锄锄草，干一些简单的农活。生活的重担全部压在了艳艳和年迈的公公肩上，不得已把家里的耕牛卖掉，换了一辆旋耕机。艳艳跟公公两个开着机器把地耕熟，又在熟地里种上庄稼，从来没有干过农活的艳艳硬着头皮在地里糊弄着。艳艳最不拿手的就是割麦子，家里种最多的也是麦子，只能赶鸭子上架，硬着头皮往前赶，为了赶在天气好的时候收完麦子，艳艳只是一直割，割的麦茬长的能戳死人。那几天，艳艳的脚上全是血斑，让人看着心疼。

终于，熬过了一整个夏天，艳艳和公公通过辛勤的劳作换来了一篦粮食。秋天到了，照例得种小麦了，两人开着旋耕机去耕麦茬地。艳艳割的麦茬太长了，机器里的土翻不过去，最后车翻了，把公公的腿卷进去，骨头齐刷刷地卷断了。

从此，艳艳的日子越过越苦，屋里外头都需要她一人打理。也不知道艳艳再有没有想过自由，再有没有孤独过。屋里的两个男人就像圆规的一脚，紧紧地牵绊住了艳艳，艳艳只能以他们为中心活动。

霜降落雪，秋去冬来。艳艳去苹果园扫拾落叶枯枝，望着光秃的树干，不知是看到还是幻视，树干上竟挂着一颗霜打后的苹果，在寒风里摇晃着，随时都有可能掉落。

系围裙的男人

嘟嘟的嘟嘟，嘟嘟的嘟嘟……

窦桂山有两条路，一条在村上头，一条在村下头。腊月二十四日这天，村上头的高神佑家人山人海，同样热闹的还有李爱国家。原来是高神佑大女儿出嫁，走得不远，婆家就在999步外的李爱国家。神佑的大女儿彩花与爱国两人年纪相仿。小时候玩过家家，彩花就说长大做爱国的婆娘，在家里等爱国去陕西赶麦场给她买凉粉。

村上头浓妆艳抹的人们，脸上涂的粉像极了冬天枯树枝上的霜，禁不住太阳长时间的照看，走着走着就露出了庄稼人的底色。一袭红衣的新娘子，还有新郎脸上的斑斑血迹给整条小道铺了一层幸福的红。

下庄的老六今天开吊。村下头的路上纸人、纸马、纸糊的一切美好，活人、死人，活着的所有伤心，还有那葬礼独有的哀乐"嘟嘟的嘟嘟"一直持续着，好像给村下头的道路铺成了一层寒冷的白。

窦桂山村子很小，总共四十多户人家，由于红事、白事撞在同一天，闹了很大的乌龙。爱国家接亲朋的鞭炮响起，才发现来人拿着花圈。此时，老六家的亲戚拿着花圈如丈二的和尚——摸不着头脑。爱国父亲出来看到"红白相间"的亲戚们，嘴里说了句："臊皮死了，弄的这活，难道就是看我为人裸怜（方言，形容人好欺负）吗？"

窦桂山地处中国西北偏南，坐落于西秦岭末端，海拔 3838 米。冬天积雪很深，往往一场大雪得消耗两碗馓饭去清理院落。且雨水充沛，这里的建筑多以砖瓦房为主，间或有些年老的土坯房和新式的平房。一进腊月，四面房顶的积雪就像村人的委屈一样厚，天一暖和在房檐下形成了冰凌，像极了具象的委屈，密而厚实。

时间就像爱国的头发，走得猝不及防，还没有好好打理，就已稀疏得梳不起、放不下，横竖看着难受。飞鹏自从大学毕业就一直没有回过家，这次回家看到了头顶"荒漠化"严重的爱国，以及很多不认识的小孩，当然还有布满皱纹的玩伴们。感叹时间飞快，就像城里的火车，一溜烟就没有了，也像窦桂山的地，转眼间良田变荒地。

腊月三十的窦桂山，没有了记忆中的热闹，鞭炮也没有之前的响。现在这炮仗的声音，远没有大曲湾梁上霜林放得屁大。

听说霜林长得人高马大，话大拳头也大。据说，年轻时在大曲湾梁上可以喊动放屁梁上的人，两山的直线距离飞机可能都得飞好几秒。如果有人带着这句话去放屁梁的话，我估摸一上午的时间是不够的。

霜林可是这一带响当当的人物，真是拳打南北好汉，脚踢五路英雄。听牙叉骨台子上的人讲，当年有人想抢霜林的钱。他买了两个西瓜走进餐馆，问大厨要了把菜刀，抡起懒婆娘蒸的馒头般大的拳头砸烂一个，又用菜刀砍在另一个西瓜上，说："先杀西瓜后杀人。"再看小偷时，感觉小偷像被人偷了魂一样挪了出去。

但可惜的是，霜林被初升的太阳一照，只剩下林了，他们举家搬迁去新疆，这里关于霜林的也就只有传说了。

大年初一照例是要给村里人拜年的，飞鹏六点多就起床，先去庙里烧香了。从庙里出来，看见一个小男娃摔在雪里，抱起来，拍了拍孩子身上的雪。男娃看着地上的断香，"哇"的一声哭出来了，这声音比炮仗的声音大多了。飞鹏心想，确实生活水平提高了，我小时候就哭不了这么大声。

"别哭了，我把我的香分你一根，咱俩进里面去烧。"帮孩子揩了一下脸，结果摸到一把鼻涕，飞鹏一看手，又抹到男娃脸上了，手上还有残留的鼻涕，抓起棉衣，把鼻涕全部揩到了男娃的新衣服上。

烧完香两人就踏着雪，伴着咯吱咯吱的响声回家。飞鹏刚扣完鼻屎，还没有弹掉，男娃又跌倒了，赶紧把他揪起来，牵着走，就这样一路牵到了一个没有院墙的场院中。这便是爱国家，小时候老在他家玩老鹰吃小鸡呢！

一进门男娃就撕心裂肺地喊爸爸。飞鹏心想爱国儿子都这么大了呀，这造人的速度比造墙都快，真是一日不见如隔三秋，几年不见娃能烧香焚表，满脸鼻涕啊！

爱国在厨房应着。飞鹏很诧异，窦桂山的男人从来不进厨房，除非家里没女人。难道是村民的思想进步了，窦桂山的男人也能做出有盐的搅团了。

男娃看到爸爸腾云驾雾地从厨房出来。猛地又哭出声来，好像手被掐了一下，吓得飞鹏赶紧撒手。爱国手里还拿着刚拔完毛的公鸡，张口就骂："把你个铡肉丸子，眼泪多得很，跟你走了的妈一个德行。"

结果抬头看到了飞鹏，变脸速度让人觉得，爱国一定供职于四川某个川剧变脸公司，堆着笑就问："啥时候来的？咋一直没见？"

"昨天刚来，还没来得及出门呢？"飞鹏顺手抽出一根黑兰州烟应着。

看着爱国"荒漠化"严重的头发、满脸的褶子，还有杂乱无章的胡须，就像一座年久失修的房子没有思想地立着。三十多岁却没有生气的年轻人，已然被岁月把半截埋在了土里。

"最近咋样啊，黄李军？狗日的娃这么大了呀。（小时候看完抗日剧，就喊爱国黄李军）"

爱国吐了一口烟，烟恰好飘到眼畔的时候，说了句："好着呢。"

"那……"飞鹏想到走了的娃他娘，看了看桌子上的牌位，想说什么又没有说出嘴。

在窦桂山这个地方走有两个意思，一个是离家出走，一个是离世出走。不管是离家还是离世，含义都不好。飞鹏想到新年头一天，忍着没有说出爱国自己心里的疑团。因为他知道在村里，从来就没有什么秘密，就算是在通讯手段不发达的年代，他们总会让流言流动起来。

屁股还没坐热，一帮小毛孩子来烧香了，飞鹏也就趁机跟出来了。

飞鹏回到家，拿着香表打算像赶麦场一样去拜年时，高世青拿着香来了，进门第一句："咦，飞鹏来了啊。"

飞鹏在自己家被这么一问，好像做客般地回道："昨天来的，来赶紧起来喝茶。"

说着扶正在磕头的世青起来，让坐在了沙发上，抽了一根黑兰州，然后在火炉上放了茶罐，倒了水就喝起了罐罐茶。

飞鹏母亲听到世青来了，赶紧拿了自己煎的油饼烤在火炉上，说："尝尝我做的油饼，你应该没煎吧！"

飞鹏听着母亲的话在想，母亲是不是老糊涂了。人家世青有老婆呀，明明自己还随过份子钱，为什么母亲还说世青没有煎油饼呢？

世青应该比爱国晚几个月结的婚。他结婚那天大家还在谈论，爱国结婚前骑车去镇上，车翻了把脸上划伤的事呢！怎么会没人煎油饼呢？难道他老婆……

飞鹏一早上被两个疑团塞满了肠胃，啥东西都没有吃，就跟着世青去全村烧香了。

寒暄了一早上，喝了几杯酒就赶紧回家了，没敢耽搁一点点时间，因为大年初一要赶在早上迎喜神。迎完喜神感觉头有点晕，就在床上斜倚着被子睡着了，迷迷糊糊中，不知道是听到还是梦到建军来串门了。说自己老婆现在也不知道去哪了，留下了两岁还要吃奶的娃。每天晚上枕着他的胳膊睡，把他的奶都抓破了，估计过两天他都可以奶孩子了，确实"有奶就是娘啊"。

建军还在说飞鹏搞对象没有，飞鹏母亲说："不知道，人家没说嘛。"

"唉，现在的婆娘成精了，不敢要了。你看我花了二十多万娶的老婆，现在也跟着人跑了。我爸说这叫损了夫人又赔钱。"

飞鹏母亲说："再打听打听。"

建军抽了一口烟，说："唉，前两天我去大曲湾走亲戚，村里全是年轻爸爸带娃，妈妈基本上都跑光了。大家找了大像山庙上的道人祭庄来。"

"那祭庄管用吗？"飞鹏母亲说。

建军回道："道人说祭完庄就不跑了，跑的那些半年之内保证回来，不回来在外地也会疯疯癫癫的。"

飞鹏母亲问："那你没想办法找一下娃他妈吗？"

建军说："石沟有个亲戚是阴阳。我几天前找了，给我写了道符，前两天刚贴到家里，过些日子就应该能有音讯了吧！"

说着几个人就打开了快手。

突然，飞鹏父亲说了句："这个人又在直播，前两年说老婆也跟着人跑了，直播的时候哭得那叫一个惨呦，现在这人还洋火很。"（洋火：方言，人很精神）

"高磨儿的那人吗？"建军问道。

"嗯，就是那人。"

"那婆娘找到了，听说是让法院传唤来的，现在一家子可好了。"

"噢，来了。"

"嗯，来了。"

"那现在应该不走了。"

"应该不敢走了。再跑国家就把她抓进监狱里了，不过不管她走到哪也就是那个样子。"

"就是，大字不识一个，到大城市连个茅坑都找不到。"

"倭耶（方言，合适之意）着呢，咱这边的这些婆娘关键就是书念得少了。"

光天化日的秘密

　　农村的夏夜总是让人神往，在土里摸爬滚打了一整天，终于汉子和婆娘在村口的牙叉骨台子上干完了两碗浆水面，才消去了一整天的疲惫。饭后一支烟，赛过活神仙，这种时候汉子往往会点上一支五块钱的黄兰州，在满足的香烟中细说着镢头、锄头挖过的两耧地，在生活的日鬼（糊弄）下的云里雾里地活着。婆娘们收拾好了厨房的碗筷，又回到了牙叉骨台子上，闲谝着十里八乡的琐事，外扬着张王李赵家的丑事。

　　"当当当……"几个人的手机同时响了。

　　王选民家的肥婆娘说："不用看，一听就知道又是群消息。"说罢，自己掏出了女儿去年换下来的旧手机。"呦，这嫁汉婆娘出名了。"说着众人纷纷拿出了手机，点开了"欢聚太阳坡"的群，看着群里一张张的截图。

　　头几张是淘宝截图，收货人为李花花，买的是文胸、丝袜、项链。不知谁冒出来一句秫秫面里拌辣椒——吃出看不出，真的是癞蛤蟆扮青蛙——长得丑玩得花。

　　接下来几张图片便是一些合法的聊天记录，是李花花和张丽芝两人在今天凌晨的聊天记录。

李花花说："有事当面说，你发朋友圈算什么？"

张丽芝回怼："我不愿意跟你当面谈了，我看见你这不要脸的骚货就犯恶心，你这被千人骑万人摸的嫁汉婆娘，我去年给过你们这对奸夫淫妇机会，你等着吧，我今天一定给你惊喜。"

李花花又回道："你去问你那管不住自己下半身的男人怎么联系我的。"

张丽芝气急败坏地说："你这小三，你个婊子，你横什么横，你有什么资格跟我谈，你不配。"

大家还想看后续，结果没图片了，懒婆娘们意犹未尽地放下了手机，开始了各自的马后炮。"我就知道王爱佳那男人不靠谱，王爱佳怕是爱嫁汉婆娘吧！还好当年我大（大：父亲）没有同意他做女婿，不然今天哭闹的就是我了。"

王选民的婆娘接着又说："你看那李花花两条眉毛中间有颗痣，一看就是狐狸精，每天路过我家的时候扭着跟锅盖一样的屁股，生怕我们看不见，我一直监视选民呢，让离她远点，别哪天被这骚狐狸扭走了。"

"就是，我回去也得看着我男人，查一下他手机，这狐狸精谁都怕。"

"嫂子你扭一个，你那屁股比磨盘还大，估计在我王哥面前一直扭了吧。"

"唉，你这娃说啥话呢，我跟你王哥连嘴都没亲，我们是老人有老人的样子，不像你们现在的年轻人，一天只瞄人家的男人。"

渐渐的，有一些人回家了，还有几个"侦探"在那里谈论着王爱佳与李花花的蛛丝马迹。

"当当当……"手机又响了，婆娘们麻利地掏出手机，一看"欢聚太阳坡"的群旁边有个红色的6，赶紧点开群消息。六条全是网名叫"四季平安"的人发的信息。两张图片，四条语音，一张图片是王选民与他的肥婆娘嘟嘴的自拍，还有一张是肥婆娘亲王选民的照片。点开语音传出了小孩子的声音，还没听完呢，肥婆娘已经红着脸跑回家了，看来娃今晚给自己赚了一顿"臊子面"。

肥婆娘还没进门就开始喊："王选民，你让茶喝傻了吗？真是个茶疙瘩。"

说着揭起了门帘，便看到王选民在炕上枕着被子斜躺着，鼾声四起，听着那口卡在嗓眼中的痰，好像已经做好了卡死王选民的准备，稍晚点王选民就只剩亡了。肥婆娘迅速登上炕，把她瘦小的脚指头塞进了王选民的鼻孔，王选民立马就醒了。

肥婆娘说："你不知道害臊啊，发那种照片给全村人看。"

王选民一脸懵："啥玩意，啥照片，你被野狗咬了吧。"说着王选民就去摸手机，结果裤兜里啥都没有，就想到可能是那后人（儿子）干的，说着就"狗日的，狗日的"喊叫了起来。明明是自己的儿子，老要喊"狗日的"，到底是在骂自己不是人，还是在骂孩子不是人。

"当当当……"说话间选民婆娘的手机又响了起来。

"死老汉，赶紧看，又是李花花这个烂货。"

张丽芝又发了一次，这次不是张丽芝与李花花的聊天记录，而是李花花与王爱佳的聊天。今晚注定是个不眠夜了，就像寡淡的浆水面突然有了咸菜，今天的日子有了味道。当然，上一次女人们如此兴奋还是在她们大婚那天。

李花花说："王师，我怎么今晚觉得胃难受。"

王爱佳立刻回复道："怎么了啊，是犯恶心，还是胃疼？"

李花花说："这会儿还不恶心，就是疼，感觉是哽住了一样。"

王爱佳发了抱抱的表情，然后说道："没怀孕吧，你不要吓我哦。"

李花花没声好气地说："我哪里说怀孕了。"

王爱佳又回道："我想也应该没事，我都没敢弄进去，就那一点估计也怀不了。"

李花花又发了一句："这次如果有了，还是要打胎吗？"

王爱佳斩钉截铁地说："不会，再打你能受得了。"

王爱佳又发了一条信息："你安心睡会儿吧，醒来就好了。"接着又是几个吻飞上了屏幕，当然也不知道此刻李花花有没有接住这个吻。就如莫言所言，"所有光明正大的事都是在黑灯瞎火里干出来的"，这次他们在光天化日中干着黑灯瞎火的事。

王爱佳与李花花以为换个阵地，在众人遗忘的 QQ 中聊天，就能够让他俩将黑灯瞎火的事归还给黑漆模糊。没想到妻子张丽芝如厨师一般，把他俩的秘密做成了秘料，放在太阳烘烤着的太阳坡，于是，如一锅加了料的汤，太阳坡沸腾了。

第二天甚至有人故意睡懒觉，想着看一看这几家的热闹。确实，如大家所愿，在早上七点，兔子出洞啃窝边带露水青草的时候，王爱佳与张丽芝也开始了丁对丁、卯对卯的各种事。先是两人的吵，接着是一家人的吵，马上是三家人的吵，最后是全村人的热闹。

肥婆娘穿着刚拆开穿了一天的碎花裙子，跟那些没去地里的懒婆娘一起来到王家。院里摔着一些盘子、碟子，躺着电视、被子、椅子……王爱佳脸上不规则分布的抓痕，像极了舞台上花了脸谱的小丑，谁都知道张丽芝应该是刚练完九阴白骨爪。

张丽芝除了指甲盖里的藏着的王爱佳的脸，还拿着他俩的结婚证，哭喊着："这次一定要跟这驴日的离婚，让他跟嫁汉婆娘推日子去。"几个婆娘坐在张丽芝跟前，用土地一样麻木的话劝说着，说什么猫哪有不偷腥的，我男人也跟有些婆娘数不清、道不白的，睁一只眼闭一只眼，一睁一闭，一辈子完毕；又说着娃也大了，不为自己为娃怎么怎么的话。

农村凡是这种婆娘，就非常能感同身受，什么都能感同身受，幸福的、辛苦的；年轻守寡的、年老幸福的，她都可以感同身受。一个正常女人能对寡妇感同身受，要么她的男人是假把式，要么她的感同身受是假把式，泛泛而言的东西。

也不知道什么时候，可能是累了，也可能是困了，更可能是妥协了，张丽芝哇哇哇地哭了一阵子后，把结婚证给了肥婆娘。豆大的眼泪顺着脸流进了张丽芝的嘴里，冲进心里。眼睛中的恶心走近进心里的那一刻，也意味着张丽芝为了身上掉下的那几块肉委曲求全了，也意味着一个自由女子的逝去，取而代之的是一位伟大的母亲。

王爱佳与张丽芝恢复了平静，日子还是如狗推磨一样往前推着。东边风止，西边风起。

明明是王爱佳犯的错，人们却将火力对准了李花花。李花花父亲是怎么也没想到，伤风败俗的事居然由自己家里窜出，如正月的蹿天猴一样高、响，靠自己做了一辈子木活攒下来的口碑，顷刻间被"骚、烂、浪、贱"替代了。他数落着自己最小的女儿，朝自个儿的脸上狠狠扇了几巴掌。在老婆的拦阻下，放下了自己的手，但始终没有放过自己。

回到堂屋，黄兰州一根接着一根，把苦涩的烟装满了屋子，这气味能活活呛死一只发情的母驴。

老头是个木匠，一生走得直、行得端，连走路都如墨斗弹的线一样直。弹了一辈子的墨斗，这次被墨弹了，临了被女儿抹了黑。

太阳下山了，太阳坡的烟囱里有了浓烟，跟着青烟一起升上天的还有李花花的父亲。

自打昨天晚上，老头就一直唉声叹气，刚刚又接到女儿被退婚的消息，所有的事堆在一块，压得老头无法喘息，心肌梗塞而死。

父亲坟头的土还没干，李花花就离开了这戳脊梁骨与伤透心的地方，去南方的饮料厂打工了。李花花后来怎么样了，谁也不知道。关于李花花的话题；最多也只是教育自己女儿的素材，内容无外乎别像李花花一样不检点，把自己父亲活活气死了。可王爱佳，依旧生活在太阳坡，就像什么事都没发生过一样，有个理智的妻子、一双可爱的儿女、一对健康的父母。